A. C. Meyer
Brittainy C. Cherry
Camila Moreira

ABC do amor

CIP-BRASIL. CATALOGAÇÃO NA PUBLICAÇÃO
SINDICATO NACIONAL DOS EDITORES DE LIVROS, RJ

M559a

Meyer, A. C.
ABC do amor / A. C. Meyer, Brittainy C. Cherry, Camila Moreira; tradução de Andréia Barboza.
— 1. ed. — Rio de Janeiro: Galera Record, 2017.

ISBN: 978-85-01-11004-6

1. Ficção brasileira. I. Cherry, Brittainy C. II. Moreira, Camila. III. Barboza, Andréia. IV. Título.

17-41243

CDD: 869.3
CDU: 821.134.3(81)-3

The letters we wrote (*As cartas que escrevemos*) foi negociada pela Bookcase Literary Agency.

Texto revisado segundo o novo Acordo Ortográfico da Língua Portuguesa.

Direitos exclusivos desta edição reservados pela
EDITORA RECORD LTDA.
Rua Argentina, 171 - Rio de Janeiro, RJ - 20921-380 - Tel.: 2585-2000.

Impresso no Brasil

ISBN 978-85-01-11004-6

Seja um leitor preferencial Record.
Cadastre-se e receba informações sobre nossos
lançamentos e nossas promoções.

Atendimento e venda direta ao leitor:
mdireto@record.com.br ou (21) 2585-2002.

A. C. Meyer
Brittainy C. Cherry
Camila Moreira

Tradução
Andréia Barboza

1ª edição

Galera
RIO DE JANEIRO
2017

Sumário

A.C. MEYER

CAPÍTULO 01

JADE

— Está perfeito, Jade! — Ouço Safira, minha irmã mais nova e melhor amiga, falar atrás de mim ao me ver colocar os noivinhos no topo do bolo.

Paro ao seu lado, limpando as mãos no pano de prato que estava sobre a bancada, e avalio meu trabalho com um sorriso no rosto: um belíssimo bolo de cinco andares com massa de pão de ló e recheio de trufa de chocolate branco, coberto com pasta americana trabalhada com detalhes rendados. Uma linda fita em cetim marfim, da exata cor da cobertura e arrematada por um laço milimetricamente construído, envolve os bolos de número um, três e cinco. Preciso concordar com ela, está perfeito.

— Nem acredito que terminei. Acho que esse foi um dos mais demorados — falo e sorrio enquanto ela passa o braço ao redor da minha cintura e me abraça, ainda observando o belíssimo bolo.

— Passei só para dar um oi. Estou indo para a aula. Posso roubar um bem-casado dali? — Ela pisca os olhos, tão azuis quanto a pedra que tem seu nome, e balança os longos cabelos loiros ondulados em direção à bandeja onde mil e quinhentos bem-casados estão dispostos.

— Sabia que tinha um interesse — falo, rindo. — Claro, pode pegar. Vai sair com o Paulo hoje? — pergunto, me referindo ao rapaz com quem ela estava saindo há algum tempo.

— Ele vai me buscar na faculdade. Provavelmente vamos jantar. Pode deixar que eu aviso, *mamãe* — ela fala e pisca enquanto sai da cozinha com alguns bem-casados na mão.

Sorrio com a brincadeira, mas me sinto orgulhosa da boa garota que a minha irmã é. Ela, eu e nosso pai somos muito unidos. Papai é o grande responsável por essa união e por termos recebido nomes tão... exóticos. Ele é dono de uma pequena joalheria na cidade e, quando nascemos, dizia que éramos o que ele tinha de mais precioso, juntamente com a nossa mãe, que partiu quando eu tinha 10 e Safira, 6 anos.

Pensar em minha mãe me traz um sorriso tristonho ao rosto. Foi por causa dela que descobri minha habilidade na cozinha. Desde bem pequena, eu a ajudava a cozinhar, e, quando ela se foi, depois de muitas tentativas pouco hábeis do meu pai — para ser delicada e não dizer que a comida dele era horrível —, assumi a responsabilidade de cozinhar para nós três, com a ajuda do antigo caderno de receitas dela. Conforme fui crescendo, passei a criar minhas próprias receitas e, aos 18 anos, descobri que a minha verdadeira paixão eram os bolos de casamento. Não existe nada mais maravilhoso do que criar, a partir de ingredientes simples, como farinha, leite e ovos, verdadeiras obras-primas que farão parte de um dos dias mais especiais de um casal.

Recolho os itens sujos de cima da bancada e levo para a grande pia, abrindo um sorrisinho enquanto começo a lavar a louça. Pensar na felicidade dos casais que procuram diariamente a *Sonho da Jade*, minha loja de bolos, me faz lembrar que foi o amor que me fez abrir aquele negócio e decidir trabalhar com noivas. Mais especificamente, o amor por um homem quatro anos mais velho, com um sorriso matador e um olhar que me deixa arrepiada até hoje, só de lembrar. Conheci o Alex numa festa que eu não queria ir, quase às quatro da manhã, quando estava prestes a voltar para casa. Ele não fazia o meu tipo em nada. Sempre preferi os loiros, com rosto liso — sem barba — e de temperamento tranquilo. Alex tinha os cabelos bem escuros como os meus, cortados à máquina, cavanhaque e uma intensidade sem igual. Passamos o resto da madrugada dançando, abraçados como se tivéssemos sido feitos um para o outro. As palavras entre nós, naquele momento, não eram necessárias.

Éramos opostos. A minha timidez contrastava com a sua simpatia. Ele era sedutor, enquanto eu era romântica. Ele adorava esportes, ouvia rock e era viciado em atividades ao ar livre, enquanto eu acreditava que subir os cinco degraus que levavam até a portaria do meu prédio era exercício suficiente, amava *Backstreet Boys* e vivia com o nariz enfiado nos livros, principalmente os de receita. Eu via em Alex uma espécie de vagalume, que brilhava e encantava todos a seu redor, ao contrário de mim, que era a lagarta que ainda não tinha virado borboleta. Apesar das nossas diferenças, estranhamente, nos encaixávamos com uma perfeição que eu jamais tinha visto... ou melhor, tinha presenciado apenas uma vez, há muitos e muitos anos, enquanto a minha mãe estava viva. Alex e eu tínhamos uma enorme sintonia, e a química que nos unia era explosiva. Jamais fui beijada com tanta paixão e abandono como quando estávamos juntos. Ele despertava o melhor de mim e me fazia acreditar que eu podia conquistar tudo o que eu quisesse, simplesmente por tê-lo ao meu lado.

Durante os poucos meses em que ficamos juntos, criei inúmeras receitas de doces e bolos, desenvolvi técnicas e estudei com afinco a melhor forma de trabalhar com os ingredientes para confeitar. Ele foi a minha *cobaia* e provou a maior parte dos meus experimentos, sempre dando uma opinião imparcial e me incentivando a continuar e melhorar. Até que o destino decidiu que precisávamos seguir separados. Alex se mudou para Brasília a trabalho, e eu fiquei e arregacei as mangas para construir a *Sonho da Jade*.

Não foi fácil. Apesar do relacionamento ter sido o que muitos considerariam como um romance juvenil devido ao curto período de tempo que ficamos juntos, a separação doeu e muito. Amei Alex com todo o meu coração e sei que ele também me amou da mesma forma. Senti saudades não apenas dele, do homem que me completava e me fazia sentir tão especial, mas dos momentos que passamos juntos. Dos momentos divertidos e felizes que eu relembrava com tanto carinho. E, apesar de ter sofrido com a sua partida e ter sentido falta dele todos os dias, escolhi continuar seguindo em frente e fazer desse amor o principal ingrediente dos bolos que ofereço às minhas noivas.

Algumas pessoas relacionam a saudade com a solidão. Eu acredito que essa palavra tão especial, que em alguns idiomas não tem sequer tradução literal, é o resultado do amor que sentimos por alguém especial em nossa vida. Para mim, saudade não tem relação com a tristeza. Ela é a mola que impulsiona cada passo do meu caminho. Assim como o amor.

Enxugo as mãos e termino de arrumar a bancada. Olho para o relógio da parede: oito e meia da noite. Hora de ir para casa. Amanhã, eu e a equipe teremos um longo dia de trabalho.

Apago as luzes do salão. Na escuridão, o belo rosto do único homem que eu amei de verdade surge em minha mente, e um sorriso me escapa dos lábios. Eu não sinto amargura por ter perdido o meu grande amor. Acho que, na verdade, fomos o clássico caso da pessoa certa no momento errado. Depois do Alex, conheci outros rapazes, namorei e até me apaixonei. Mas nenhum deles despertou em mim o mesmo amor profundo que senti por ele. Sei que, um dia, vou voltar a me apaixonar intensamente por alguém. Como boa parte das mulheres, também sonho em ter uma família e um marido amoroso. Mas sei que, quando isso acontecer, vou levar dentro de mim esse sentimento tão especial que mesmo de longe o Alex desperta.

Saudade...

CAPÍTULO 02

ALEX

Esfrego os olhos, que ardem após tantas noites sem dormir. Quase três, na verdade. Virei as últimas noites para adiantar o trabalho o máximo possível a fim de que pudesse sair o quanto antes da cidade. Se o Dr. Marcelo, o médico que vinha me tratando, descobrisse que eu tinha feito exatamente tudo que ele tinha dito que eu não deveria fazer, levaria uma baita bronca. Mas a verdade é que eu não via a hora de me ver livre daquele trabalho que eu odiava. Há três meses, tive uma dor no peito horrível, que me fez achar que estava enfartando. Aquilo era um absurdo, já que eu só tinha 27, mas sentia como se carregasse todo o peso do mundo em minhas costas. Segundo o médico que me atendeu no hospital, aquela dor era resultado de uma crise de estresse — algo que a minha mãe vivia dizendo que eu teria com o ritmo intenso de trabalho; ele então me encaminhou para o Dr. Marcelo, que vinha cuidando da minha saúde.

Mas não tinha como ser diferente. Sou o mais jovem diretor jurídico do principal banco público do país, responsável diretamente por uma equipe enorme e uma pilha de processos que não acaba mais. Para chegar a esse ponto, abdiquei de uma série de coisas na vida e precisei dedicar todo o meu tempo livre ao trabalho, que hoje eu encarava como uma obrigação.

Aquela dor me rendeu a necessidade de desacelerar e repensar meus objetivos. O Dr. Marcelo, em nossa última consulta, disse que, se eu não pisasse no freio, teria um enfarto de verdade dentro de três a cinco anos. E talvez não tivesse tanta sorte.

Alguns dias após a consulta, recebi o convite do noivado da minha irmã, que aconteceria em três meses, acompanhado de um bilhete:

Alex,

Por favor, tente vir. Não posso ficar noiva sem a presença do meu irmão mais velho.

Ana

Isso me fez pensar no que eu desejava para a minha vida. Onde mais eu queria chegar? Virar vice-presidente e correr o risco de perder casamentos, nascimentos e momentos importantes da vida da minha família — fora a grande probabilidade de morrer de um ataque cardíaco antes dos 30 — ou mudar o rumo da minha carreira profissional, participar mais dos eventos da família e ter uma melhor qualidade de vida?

Passar noites sem dormir era algo a que eu estava habituado. Dormia cerca de quatro horas por noite, não praticava mais exercícios físicos e a minha alimentação não era das melhores. Mas isso ia mudar.

Desde que deslizei aquele bilhete da minha irmã por entre os dedos, decidi que estava na hora de mudar o rumo e recomeçar. Mas, para isso, precisei exigir, pela última vez, o máximo do meu corpo. Finalizei todos os trabalhos pendentes, distribui as tarefas que precisavam de cuidados especiais e, finalmente, entreguei a carta de demissão.

Olho para as duas malas que contém tudo o que acumulei aqui durante os últimos cinco anos. É engraçado. As únicas coisas que realmente me pertencem naquele apartamento são roupas, calçados e itens de higiene pessoal. É estranho pensar que em cinco anos aquele lugar foi apenas uma espécie de base. Um lugar onde eu ia apenas para dormir e trocar de roupa, e que não guardava qualquer recordação ou lembrança. A minha vida precisa de uma mudança imediata, que já comecei: joguei o celular e o relógio no lixo. De hoje em diante, vou seguir a vida no ritmo que ela determinar, sem ser escravo dos e-mails corporativos à meia-noite ou ligações urgentes — e outras nem tão urgentes assim — durante os fins de semana.

Pego a passagem e as malas. Apago a luz. Tranco a porta e, ao chegar na portaria, entrego as chaves ao zelador. Ele se encarregará de entregá-las à administradora do edifício. O táxi me aguarda do lado de fora do prédio. Após acomodarmos as malas no bagageiro, seguimos em direção ao aeroporto e rumo à minha nova vida. Uma que me faria muito mais feliz — assim eu esperava.

* * *

Os primeiros meses após o retorno a Curitiba, cidade em que nasci e fui criado, foram difíceis. Por mais que eu estivesse determinado a mudar o ritmo da minha vida, era bastante complicado mudar hábitos que me acompanhavam há anos. No começo, fiquei na casa dos meus pais: um grande imóvel em uma área nobre da cidade, onde fui cuidado, mimado e tive bastante tempo para decidir o que fazer da vida. Eu tinha uma boa poupança, então não precisava me preocupar em trabalhar para me sustentar por um tempo, mas não queria ficar à toa para sempre.

Aos poucos, tentei voltar a correr no parque. Foi um fracasso. Meu corpo inteiro reclamava, e eu sentia dor no peito e falta de ar. Era um misto de pânico com péssima resistência física. Eu continuava quase sem pregar os olhos à noite, dormindo quatro, no máximo cinco horas por noite, apesar de me deitar na cama todo os dias às dez. Eu queria eliminar esses hábitos ruins da minha rotina, precisava mudar, mas parece que o corpo não se adapta rapidamente a hábitos saudáveis depois de cinco anos de costumes muito ruins.

Em duas semanas eu me mudo para a minha própria casa: um apartamento de dois quartos com vista para o parque, no quinto andar de um prédio. O antigo proprietário está terminando a reforma dos banheiros e modernizando a parte elétrica do lugar. Não vejo a hora de pegar as chaves e criar raízes na casa nova para que ela seja um lar, e não apenas um lugar que eu vou para dormir — quatro horas por noite — e trocar de roupas.

Esta é a noite do noivado da Ana, a minha irmã. Como fui convidado para ser padrinho da noiva, depois do pedido fiz meu papel de irmão com o habitual discurso meio que ameaçando o noivo a fazê-la feliz, mesmo sabendo que isso não é necessário. Renato é apaixonado por ela desde que eram garotos, e sei que ele fará de tudo para agradá-la.

A recepção, oferecida na casa dos meus pais, é íntima. Minha mãe contratou um serviço de buffet, e, após o jantar, Ana e Renato cortam o bolo mais delicioso que já comi na vida. Tenho um fraco por chocolate, e o bolo, apesar de ser branco do lado de fora, por dentro é feito com o mais delicioso chocolate e tem recheio de leite condensado. Aquele bolo me faz lembrar de uma ex-namorada, a Jade. Ela amava fazer bolos e doces, e estava cursando faculdade de gastronomia quando começamos a namorar. Tudo em que ela colocava as mãos tinha um sabor incrível, e quase posso sentir o gosto do bolo de chocolate com leite condensado que ela fazia só de pensar nele.

Na verdade, eu evitava ao máximo me lembrar da Jade. Não que tivéssemos terminado mal. Muito pelo contrário. Desde a primeira vez em que coloquei os olhos sobre ela, me senti completamente balançado. Nos conhecemos em uma festa na qual eu nem pretendia ir, já que tinha ido a outra comemoração com meus amigos. Mas por insistência de um deles, acabei decidindo dar uma passada para ver como as coisas estavam. Jade estava prestes a ir embora, mas fiz de tudo para que ela ficasse comigo, ainda que só mais um pouco. Aquele primeiro encontro se transformou no namoro mais intenso e apaixonado que já tive, mas infelizmente não durou muito tempo. Quando passei no concurso que me garantiu o emprego no banco, tive que ser transferido para Brasília, e ela não tinha condições de me acompanhar. Tendo perdido a mãe ainda criança, ela cuidava da irmã, que na época tinha 14 anos. E era muito ligada ao pai, além de estar estudando. Eu não tinha como abrir mão da estabilidade e do salário que aquele emprego me garantiria, apesar de meus sentimentos por ela serem muito intensos.

Fecho os olhos, e a imagem da Jade me vem à cabeça. Cabelos negros, muito lisos e brilhantes e na altura da cintura. Seus olhos eram de um tom de verde incrível, e era curioso como combinavam perfeitamente com o nome de pedra preciosa. O corpo violão — ela vivia reclamando que precisava emagrecer, mas não conseguia porque comia as besteiras que costumava cozinhar — era perfeito. Além disso, Jade tinha um narizinho empinado e uma covinha do lado esquerdo que aparecia quando ela sorria. Era a garota mais linda que eu já tinha visto, e a única que despertou os sentimentos mais profundos e maravilhosos que já senti por alguém.

Foi difícil deixá-la, e, apesar de pensar em manter o relacionamento a distância, eu sabia que não era justo com ela. Jade era só uma menina, e nem sabíamos se aquele namoro teria futuro. Porém, se eu quiser ser honesto, preciso confessar que nunca a esqueci.

A lembrança do seu sorriso doce aparecia nos momentos mais inesperados. Muitas vezes tarde da noite, quando não conseguia dormir, eu me permitia sentir saudades. Dela. Dos nossos momentos divertidos. Da sua risada engraçada. Dos nossos beijos de tirar o fôlego. Dos seus bolos e doces deliciosos. E do quanto éramos diferentes um do outro, mas, mesmo assim, nos encaixávamos tão bem. Essas lembranças me despertavam uma certa melancolia e faziam com que eu me perguntasse se tinha feito a escolha certa ao optar pela carreira em vez do relacionamento.

Quando a saudade começava a colocar em dúvida as minhas escolhas de vida, e eu me via com o telefone na mão, debatendo comigo mesmo se deveria ligar para ela... pelo menos para saber se ela estava bem, eu mergulhava no trabalho para tirá-la da cabeça. Não era justo ficar sondando e dando esperanças de algo que não ia acontecer. Morávamos em pontos extremos do país, e, a essa altura, ela já deveria estar casada e com filhos.

Esse pensamento me faz contorcer o rosto em uma careta de desagrado. Pego mais uma taça de champanhe da bandeja de um garçom que está passando na minha frente, e bebo o líquido borbulhante rapidamente, antes que eu ligue para ela e atrapalhe a sua vida.

Do outro lado da sala, um antigo colega de escola acena. Sorrio e atravesso o cômodo para conversar com ele. Era exatamente o que eu precisava, algo para escapar das lembranças do passado.

Mantenha os pensamentos seguros, Alex — falo para mim mesmo. — *E os pés no chão.*

CAPÍTULO 03

JADE

— Lu, o merengue precisa de um pouco mais de consistência. Tony, continue batendo o chantilly — falo para meus assistentes enquanto atravesso a cozinha ajeitando os botões pretos do dolmã branco. Sorrio ao ver meu nome bordado na altura do peito. Cada vez que me vejo vestida com meu uniforme, lembro que a *Sonho da Jade* deixou de ser um sonho para se tornar realidade.

Safira entra na cozinha, empurrando alegremente a porta vaivém que a separa do salão principal.

— A noiva das dez horas acabou de chegar! — ela avisa, animada. — Parece que o irmão gato vai se encontrar com ela aqui — ela fala para Lu em tom de confidência, e as duas riem.

Ana, a noiva das dez, é uma cliente regular. Fiz vários bolos para confraternizações da empresa de cosméticos em que ela trabalha na área de marketing, além de ter feito o bolo da sua festa de noivado com Renato. Sempre que nos encontramos, ela fala do irmão lindo e bem-sucedido que mora em outra cidade. Tive que acreditar em sua palavra quanto à beleza do rapaz, já que jamais vi foto ou o encontrei pessoalmente. Alessandro — o famoso irmão há muito desaparecido — era motivo de suspiros para Safira e Lu, que ficavam sonhando com a aparência dele e fazendo mil conjecturas a respeito enquanto Tony implicava com elas. Ele dizia que o moço deveria ser horrível, e que Ana fazia tanta propaganda por ele ser tão feio que não conseguia arrumar uma namorada sozinho.

Me viro para as duas e falo baixo, mas sério:

— Vocês duas, nada de ficarem saracoteando pelo salão importunando os clientes. — Safira e Lu fazem careta enquanto Tony dá uma risadinha. Sigo em direção à porta, tentando conter um sorriso. As duas garotas são jovens e paqueradoras, o que me obriga a puxar a orelha delas de vez em quando, mas são meninas maravilhosas e muito trabalhadoras. Enquanto Safira estava estudando administração para me ajudar com a gerência da empresa, Lu terminava a faculdade de gastronomia e pretendia começar uma especialização em doces e bolos.

Empurro a trança frouxa por cima do ombro e passo pela porta, com um sorriso no rosto. Entro no salão e encontro Ana observando a vitrine. Olho ao redor com orgulho. Como não somos uma confeitaria que serve produtos ao consumidor final, nosso salão é todo planejado para atender as noivas e familiares para escolha e provas de bolo. Até aceitamos encomendas para outros tipos de eventos, como fizemos com a empresa em que Ana trabalha, mas a *Sonho da Jade* é uma empresa voltada quase que exclusivamente para casamentos. No lado direito, há quatro pequenas mesas com cadeiras em carvalho e estofamento marfim, arrumadas com toalhas de mesa de tecido brocado na cor cappuccino. A louça branca com frisos dourados está perfeitamente disposta, bem como as taças e um belíssimo arranjo de rosas brancas e cor-de-rosa.

No lado esquerdo, há uma grande mesa de escritório, no mesmo tom dos demais móveis, onde assinamos contratos, fazemos planejamentos, desenvolvo receitas e projetos para os bolos. As cadeiras para os visitantes e a que uso são confortáveis, estofadas com couro no mesmo tom marfim das cadeiras onde ocorrem as provas. Fotos dos inúmeros casamentos que já atendi enfeitam a parede e tornam aquele espaço aconchegante, além de demonstrar às clientes o nosso compromisso com a felicidade delas.

— Que bom ver você, Ana! — Eu me aproximo e a cumprimento.

— Estava tão ansiosa para nosso encontro de hoje, Jade! Nem dormi direito! — Ela bate palmas ao se afastar, animada.

— Vamos começar então? — sugiro, sem perguntar sobre o famoso Alessandro e, muito menos, o noivo. A experiência tinha me mostrado que o trabalho que envolvia o desenvolvimento de um evento como esse podia trazer, no meio do caminho, discórdia entre uma ou várias partes, e que o melhor era evitar perguntas que pudessem ocasionar uma explosão... e até mesmo uma guerra de bolos, como eu já tinha enfrentado no passado. Coisa que estremeço só de lembrar.

— Vamos, sim! — ela fala, enquanto sirvo água, que vai ajudá-la a limpar o paladar entre uma fatia e outra. — O meu irmão, Alessandro, veio comigo, mas um imóvel que parece estar para alugar do outro lado da rua chamou sua atenção. Ele me mandou vir na frente que ele já vem.

— Sem problemas. Deve ser a loja da Dona Palmira. Antigamente era uma perfumaria, mas a proprietária se mudou para Porto Alegre com o marido e devolveu a loja. Ele está procurando imóvel comercial para alugar? — pergunto enquanto começo a destampar as bandejas com as amostras de bolo.

— Ele está pensando em abrir um negócio próprio. Não tivemos tempo de conversar com detalhes sobre isso, mas me parece que ele vai abrir uma livraria com um pequeno café — ela explica, se acomodando na cadeira.

— Livraria? Ah, que legal! Bem, podemos começar e, quando ele chegar, pode experimentar todos ou os que você gostar mais — sugiro, com um sorriso. — Levando em consideração que você havia me dito que você e seu noivo gostam basicamente de qualquer tipo de doce, exceto ameixa e abacaxi, fiz uma seleção variada para você escolher — explico, cortando uma pequena fatia e servindo em um dos pratos que está sobre a bancada dos fundos do salão onde ficam dispostos todos os itens necessários para as provas.

Enquanto levo o primeiro pedaço para Ana, falo um pouco mais sobre a prova e os sabores:

— Vou servir pequenos pedaços. Assim, você não vai ficar satisfeita muito rapidamente e conseguirá provar um número maior de opções. Entre um pedaço e outro, recomendo que você tome um gole de água para limpar o paladar. — Coloco o primeiro pedaço na sua frente.

— Uau, que lindo! — ela elogia, observando os grandes morangos do recheio.

— Esse é uma massa de pão de ló aerado, com recheio de morango com chantilly. Esse é um bolo que pode parecer simples, mas é perfeito para servir com champanhe.

— Jade, é delicioso. Desmancha na boca... — ela murmura e dá mais uma garfada no bolo.

— Nós o chamamos de *Doce união* — explico, e ela sorri. — Todos os nossos bolos têm um nome especial.

Prosseguimos com a prova. Ana experimenta o *Sabor do amor*, *Lua de mel*, *Par perfeito* e o bolo *Paixão*, ficando em dúvida entre quais recheios deveria escolher. Estava prestes a servir o delicioso *Final feliz* — pão de ló com recheio de ganache de chocolate — quando um movimento na porta me chama a atenção.

Ergo os olhos enquanto atravesso o salão, prestes a dar boas-vindas ao irmão da Ana, quando sinto meu corpo vacilar ao ver o homem que jamais pensei encontrar novamente.

* * *

ALEX

— Não posso acreditar que você me convenceu a isso — reclamo, sentado no banco do carona do carro de Ana. Passei os dois últimos dias arrumando a mudança no novo apartamento, e estava exausto. Minha mãe e a própria Ana haviam me arrastado por um milhão de lojas de móveis e decoração em busca de sofás, armário, cama e uma série de coisas que eu tinha certeza de que jamais usaria. Depois de passar boa parte da noite montando a estante do escritório — já que a insônia não me deixava dormir —, achei que ia ficar na cama por umas horinhas a mais. Que engano... Ana bateu em minha porta às oito da manhã, dizendo que eu precisava acompanhá-la na prova do bolo, pois Renato tinha sido chamado com urgência para atender um paciente, e ela não podia ir sozinha de jeito algum. Ele é cirurgião cardiovascular, e as emergências, infelizmente, não têm hora para acontecer.

Sem alternativa, tomo uma chuveirada rápida, sem tempo sequer de fazer a barba, que crescia há uns bons cinco dias. Visto uma calça cinza, camisa preta e suéter. Ana faz uma careta para minhas roupas, sociais demais. Acho que não uso calça jeans há... cinco anos. Pelo visto, vou precisar comprar roupas novas também.

Antes de sairmos, ela empurra uma xícara de café na minha direção, prometendo que eu ia experimentar os melhores bolos que já tinha comido na vida, coisa que duvido, já que os que a Jade fazia para mim eram incríveis. *Ah, caramba... Jade de novo. Pode esquecê-la, cérebro maluco. A essa altura do campeonato, ela está casada e com uns três filhos.*

— É por uma boa causa, maninho. Além do mais, você será beneficiado — ela responde, rindo.

Ana nos conduz a uma das melhores regiões da cidade, com fortes características residenciais, mas repleta de lojas charmosas, além de um shopping. Ela estaciona o carro e, quando abro a porta e saio do veículo, estou frente a frente com uma das mais belas construções que já vi. O casarão comercial tem dois andares, e a fachada é toda de tijolinhos. Ao lado da porta de madeira clara tem uma grande vitrine, e, se eu fechar os olhos, consigo imaginar um deque de madeira na frente, um belo letreiro com o nome da loja e os lançamentos expostos através do vidro. Precisa de uma pequena reforma, mas seria o local perfeito para receber a livraria que planejo abrir. Um cartaz preso ao vidro me chama a atenção e, enquanto Ana está pegando a bolsa no banco de trás e vestindo o casaco, atravesso a rua e me aproximo para ler:

Aluga-se imóvel comercial. Tratar na floricultura, com Dona Palmira.

Olho ao redor e vejo a floricultura. Antes que eu tenha chance de ir até lá, Ana me chama.

— Ei! Aonde você vai? Nosso compromisso é ali! — Ela aponta para uma pequena loja com bolos na vitrine.

— Ana, aqui seria perfeito para o que estou procurando. Você se importa se eu for pegar algumas informações? — Ela abre a boca para protestar, mas ergo um dedo e abro um sorriso. — Juro que te encontro em cinco minutos. Você me deve uma grande carga de açúcar por ter me tirado da cama.

Ela ri.

— Tá bom. Cinco minutos! Nem um a mais.

Sorrio e corro em direção à floricultura. É engraçado. Faz muito tempo que não me sinto tão animado com algo quanto estou agora. Empurro a porta e sou envolvido por uma mistura de perfume de flores. Uma senhora idosa está sentada na mesa lateral, montando um belo arranjo.

— Em que posso ajudar, meu jovem? Precisa de um buquê para a namorada? Talvez para um pedido de desculpas? Vocês jovens são terríveis e... — ela fala, sem desviar o olhar das flores que está arrumando. Solto uma risada.

— Não, senhora. Eu gostaria de mais informações sobre a loja que está para alugar. — Ela desvia o olhar do arranjo e me analisa.

— Hum. Que tipo de negócio está pretendendo abrir?

— Uma livraria — respondo de imediato.

— Oh... — ela murmura, e seus olhos brilham com prazer. E então ela se levanta, vai até o balcão, pega um chaveiro e segue em minha direção, andando bem rápido para uma pessoa da sua idade. — Vamos, meu filho. Uma livraria! Deus ouviu minhas preces!

* * *

Saio do casarão cerca de quinze minutos depois. Dona Palmira aperta minha mão e arranca o cartaz da vitrine, prometendo que seu advogado entrará em contato comigo para assinarmos o contrato. Vou em direção ao local que Ana apontou, me sentindo um pouco atordoado, mas muito feliz. Não sou um cara impulsivo, muito pelo contrário, mas senti como se aquele lugar estivesse chamando o meu nome. Como imaginei, é perfeito para a livraria, além de ter espaço para pequenos eventos e até um café. Dona Palmira deu várias sugestões, e eu não vejo a hora de colocar as mãos à obra. Passei os últimos seis meses fazendo o planejamento do novo negócio, e estava há algumas semanas em busca de um imóvel que se encaixasse nos meus planos. Mal posso acreditar que finalmente o encontrei.

Atravesso a rua e entro na loja de bolos, ansioso para contar à minha irmã sobre a preciosidade que encontrei.

— Ana, você não vai acreditar no que... — As palavras morrem em minha garganta quando algo, ou melhor, alguém chama a minha atenção. Pisco algumas vezes para me certificar de que não estou imaginando. Ela me observa com a mesma surpresa que sinto, parecendo exatamente como antes: o belo corpo escondido na roupa de chef de cozinha; os maravilhosos cabelos negros presos; e os olhos... ah, aqueles olhos incrivelmente verdes continuam a brilhar como duas pedras cintilantes. — Jade?

— Alex? — ela murmura, seu tom tão surpreso quanto o meu.

— O quê...?

— Ah, meu Deus, não posso acreditar! — ela fala, um sorriso escapando dos lábios cheios.

Nos aproximamos devagar, sem sabermos direito o que fazer. É estranho, mas estar na frente dela provoca uma onda de eletricidade, como se uma força poderosa estivesse envolvendo nossos corpos, nos atraindo um para o outro, como se jamais tivéssemos nos separado. Estamos nos encarando em silêncio, quando uma voz corta a energia que nos envolve.

— Não sabia que vocês já se conheciam — Ana fala, dando uma garfada no bolo à sua frente. E eu não consigo tirar os olhos de Jade. Namoramos por poucos meses, e ela não chegou a conhecer a minha família, o que torna esse reencontro uma enorme coincidência.

— Ehr... hum... — Jade tenta falar.

— Não nos vemos há anos. Conheci a Jade quando ela ainda fazia faculdade de gastronomia, não é, Jade? — explico, e ela sorri.

— Sim... pouco tempo depois você foi para Brasília e...

— Nunca mais nos vimos — eu completo, e ela assente. — Parabéns. Parece que você está indo muito bem nos negócios... como sempre imaginei que iria.

O sorriso dela fica ainda maior.

— Oh, obrigada. Você sempre disse que eu deveria investir no meu sonho de trabalhar com bolos e... bem, agora a *Sonho da Jade* é uma realidade — ela fala, apontando ao redor, e eu vejo um pequeno quadro com o nome da loja.

— *Sonho da Jade*. É perfeito. Estou muito orgulhoso de você — falo e me aproximo, puxando-a para um abraço. Ela suspira contra meu peito, e seu corpo quente e macio se molda ao meu, me fazendo lembrar de todas as vezes que achei que ela parecia ter sido feita para mim quando me abraçava.

— Obrigada — ela murmura contra o meu pescoço, ainda presa em meu abraço. Lentamente nos afastamos, e ela pisca, parecendo despertar de um transe. — Não sabia que o Alex que conheci era o tão famoso *Alessandro*.

— Famoso? — Solto uma risada, arqueando a sobrancelha.

— É. A sua irmã sempre fala de você. Mas nunca associei o nome à pessoa, já que eu o conheci como Alex.

Sinto os olhos de Ana focarem em mim, e, depois, desviarem para Jade com curiosidade.

— Lá em casa, todo mundo me chama de Alessandro ou Alê. Já os amigos me chamam de Alex — explico. — O Guto, não sei se você se lembra dele — me refiro ao meu melhor amigo, e ela assente —, sempre dizia que eu tinha mais cara de Alex do que de Alê. Aí o apelido pegou.

Ela sorri, mostrando a covinha do lado esquerdo do rosto.

— Por que não se senta? Já passamos por alguns sabores, mas tem bastante coisa pela frente.

Ela indica a mesa onde Ana está sentada, ainda nos observando com curiosidade. Me acomodo ao lado dela, preparado para provar as delícias que a Jade fez. Ela se vira em direção ao balcão, onde uma série de pedaços de bolo estão dispostos enquanto Ana arqueia a sobrancelha para mim, curiosa. Sorrio para ela, mas me viro para Jade, que se aproxima da mesa e serve um bolo chamado *Final feliz*. É um dos mais gostosos que já experimentei até hoje. Estou prestes a implorar por mais um pedaço quando minha irmã geme e fala com a boca ainda cheia:

— Acho que temos um vencedor! — Jade e eu rimos do entusiasmo quase infantil da Ana. — O que acha, maninho?

— Acho que não há história mais perfeita do que as que têm *Final feliz*. Na verdade, eu ficaria mais feliz se ganhasse mais um pedaço. — Estico o prato para Jade, e ela ri, assentindo. Então se volta para o balcão para nos servir mais do delicioso bolo.

— Tem certeza de que não quer experimentar os demais? — ela pergunta a Ana, que balança a cabeça em negativa.

— Como meu irmão falou, o *Final feliz* é perfeito!

CAPÍTULO 04

JADE

— Como vai a minha garota preciosa? — Ouço a voz do meu pai, que entra na loja com um sorriso no rosto. Ele sempre fala assim comigo e com minha irmã, dizendo que somos mais preciosas do que as joias mais caras que ele tem na loja do outro lado da cidade.

Sorrio ao me aproximar dele, envolvendo seu corpo em um abraço apertado.

— Tudo bem, pai. E você? Acabei de tirar um pão de ló do forno. Quer um pedaço? — pergunto, e ele arregala levemente os olhos, com uma expressão de felicidade.

— Já ia perguntar o que um velho homem precisa fazer para ganhar um pedaço de bolo — ele brinca, e nós dois rimos.

Me afasto em direção à cozinha quando a Lu enfia a cabeça através da porta vaivém.

— Deixa que eu corto um pedaço para o seu Silvio, Jade! Aproveita para tomar o café com ele. — Ela pisca e volta para dentro da cozinha.

Tenho muita sorte com os assistentes que contratei. Tanto a Lu quanto Tony são excelentes funcionários: gentis, competentes e generosos.

— Ouvi dizer que o imóvel da Palmira foi alugado — meu pai comenta, e eu me pergunto se foi a Safira que contou, já que ela havia ficado enlouquecida ao descobrir que Alex e eu tínhamos sido namorados no passado.

— Sim, há algumas semanas — respondo, enquanto coloco a cápsula de café expresso na máquina. — E você deve se lembrar do novo inquilino. É o Alex, que foi meu namorado e...

— ... se mudou para Brasília. Eu me lembro. Você ficou arrasada por meses depois da partida dele — ele completa.

Solto um sorriso sem graça, e, antes que eu tenha chance de abrir a boca, ele continua.

— Ele era um bom rapaz — ele fala, e eu aperto o botão da máquina de café, que começa a trabalhar.

— Era, sim... — respondo baixinho.

— Olha, minha filha, não sei se existe chance de vocês voltarem a se envolver. Mas quero que você saiba que quero vê-la feliz. E se ele fizer isso...

— Pai... o Alex mal voltou para cidade. Somos basicamente dois estranhos! — protesto, revirando os olhos enquanto coloco a xícara de café na frente dele.

Lu sai da cozinha com duas fatias generosas de pão de ló e as coloca sobre a mesa.

— Mas que maravilha! Obrigado, querida — papai agradece a ela, que sorri e volta para a cozinha. — O que eu quero dizer é que sempre considerei você uma pessoa corajosa. Você sonhou com isso — ele faz um gesto amplo, indicando a loja — a vida inteira, e algo relacionado a esse rapaz te impulsionou a tornar seu sonho realidade.

— *Papai...* — eu protesto, enquanto a máquina termina de servir a outra xícara.

— Não se esconda atrás desse avental como você tem feito, minha menina. Você é jovem, tem um coração de ouro e merece ser feliz. Sair com alguém, se apaixonar...

— Mas eu tenho saído às vezes com o...

— Ah, não me fale desse mosca morta. Esse tal de Cássio não é o homem certo para você.

Cássio é um rapaz que conheci no casamento de uma cliente.

Saímos há alguns meses, mas não é nada sério. Fomos jantar algumas vezes, cinema, teatro... para mim, ele é mais um amigo do que um potencial namorado, já que o máximo que fizemos foi trocar alguns beijos. Meu pai o conheceu quando nos encontramos por acaso em um restaurante, e essa era a primeira vez que ele falava algo a respeito.

Solto um suspiro profundo e me sento em frente a ele.

— Não quero me intrometer na sua vida, minha menina. — Ele sorri daquele jeito que me desarma completamente. — Só quero que você seja feliz. E que não fique na defensiva com ninguém... nem mesmo com o Alex. A gente não fecha as portas para o amor.

— Eu sei, pai, mas acho que você está sendo precipitado. Não existe nada entre nós além de um reencontro inesperado. Nem mais, nem menos.

— Chame de sexto sentido de pai. — Ele pisca e dá uma garfada no bolo. — Caramba, isso aqui está uma delícia! — Meu pai muda de assunto, e eu deixo o papo estranho sobre Alex pra lá.

A verdade é que aquele reencontro mexeu comigo, trazendo à tona uma série de sentimentos que estavam guardados no fundo do meu peito. Ele estava mais velho, mais bonito, e não sei se era coisa da minha cabeça, mas ainda provocava aquela mesma eletricidade que eu sentia quando estávamos juntos. Não sei nada a respeito da sua vida... se ele estava saindo com alguém, se tinha namorada ou algo assim. Apesar de Ana sempre bater na tecla de que o irmão era solteiro, quem garante que ele conta tudo sobre suas relações para a família? O que consegui perceber é que ele fica ainda mais lindo de barba; que o som da sua risada é como música e que os olhos dele não parecem ter o mesmo brilho de felicidade... é quase como se a centelha de vida que cintilava naquele olhar tivesse apagado um pouco com o decorrer dos anos, fazendo eu me perguntar quem ou o que o fez perder um pouco do brilho que irradiava da sua personalidade e iluminava quem estivesse ao seu redor.

Afastando Alex dos meus pensamentos, dou um gole no café quente e presto atenção em meu pai, que conta, orgulhoso, sobre as joias que chegaram ontem para a nova coleção.

Pouco tempo depois, ele se levanta enquanto agradece pelo café e elogia o bolo mais uma vez. Beija o topo da minha cabeça e murmura antes de se afastar:

— Não esqueça, minha garota preciosa, nunca feche as portas para o amor.

* * *

ALEX

Estou sentado, com as pernas cruzadas, sobre o deck de madeira polida recém-colocado na frente da loja, observando o casarão que se transforma pouco a pouco na livraria. A *minha* livraria. Faz algumas semanas que assinei o contrato, e a obra começou. Lá dentro, uma equipe de pedreiros arranca o piso da antiga perfumaria e prepara o chão para receber o piso laminado que escolhi com a ajuda do Guto, meu melhor amigo e arquiteto.

Na próxima semana, as paredes receberão o papel de parede. Em seguida, os vidros das vitrines e janelas serão trocados, a área do segundo andar, transformada em café e espaço para eventos, e então a loja estará pronta para receber o mobiliário e, em seguida, o estoque. Estou muito animado, mas, ao mesmo tempo, morrendo de medo. Nos últimos dias, andei pela casa durante toda a madrugada, pensando se tinha feito a coisa certa ou se estava dando um passo maior do que as pernas. Voltei para Curitiba pensando em descansar e me livrar do estresse, e aqui estou eu, no meio de uma obra para começar um negócio que não tenho qualquer domínio. Sou advogado... onde estava com a cabeça quando decidi abrir uma livraria?

Solto um longo suspiro quando uma voz tão doce quanto aqueles bolos que experimentei há algumas semanas soa atrás de mim.

— Sabe, não adianta ficar olhando para as paredes e tentando descobrir os segredos do mundo. Elas têm ouvidos, mas não costumam comentar as fofocas da cidade — Jade fala, e eu solto uma risada.

— E se eu quiser descobrir os *seus* segredos? — pergunto, e vejo seu rosto corar como da primeira vez que nos encontramos e eu a tirei para dançar.

— Meus únicos segredos são os das minhas receitas, mas esses nem as paredes sabem — ela ri. — Além do mais, se você ainda tem pouca habilidade na cozinha, como antes, não iam te servir para nada mesmo... duvido que você saberia o que fazer com eles. — O sorriso dela se amplia, e meu coração acelera.

— É. Olhando por esse lado, você tem razão. Minha única habilidade na cozinha é pegar o prato e colocar no micro-ondas.

Jade ri novamente, e seus olhos se voltam para a fachada.

— Está ficando lindo. Tem previsão para abrir?

— Em algumas semanas. O imóvel estava em ótimas condições. Estamos trocando o piso só para combinar com o projeto de decoração. Vamos fazer apenas pequenos ajustes. A equipe que está trabalhando aqui é bem competente.

— E a documentação? Alvará e tudo mais?

— Já está em andamento. Meu contador me garantiu que ficará tudo pronto a tempo.

— Que maravilha! A livraria será ótima para o bairro. Vai trazer muitos clientes para as demais lojas da região — ela comenta, os olhos espreitando para dentro do casarão com curiosidade.

— A ideia é trazer eventos literários e *pockets* shows para o segundo piso... talvez algo aqui na frente também, para aproveitar o espaço. Quer dar uma olhada lá dentro? — pergunto, e os olhos verdes da Jade brilham com animação.

— Posso?

— Se você não se incomodar com a poeira... — falo, e Jade abre um enorme sorriso. Pela sua expressão, posso dizer que ela está animada em ver o que estamos fazendo ali dentro.

Entramos na loja, e começo a explicar onde ficará cada coisa. Jade presta atenção em cada palavra, sugerindo coisas aqui e ali, e fazendo comentários sobre detalhes que eu nem havia pensado. Passamos pelo salão principal, o local onde ficariam as estantes de livros, balcão dos caixas e área infantil. Subimos as escadas para o segundo andar, e aponto para onde ficará o café. Falamos sobre o mobiliário, iluminação e até mesmo possíveis eventos.

— Alex, esse lugar vai ficar incrível! — ela fala, após alguns instantes. — Estávamos realmente precisando de algo assim na região.

— Você acha? — pergunto, ainda um pouco inseguro.

— Tenho certeza. Essa loja é perfeita para uma livraria — ela afirma, enquanto descemos as escadas. — Mal posso esperar para ver tudo pronto!

— Eu também — concordo e sorrio, olhando para ela.

Seus cabelos escuros estão presos em uma trança igual a que ela usava no dia em que nos reencontramos, porém, a franja está solta, emoldurando o rosto belo e expressivo. Os olhos verdes cintilam de alegria, que se reflete no sorriso que não sai de seus lábios.

Ela é ainda mais linda do que eu me lembrava.

Chego ao último degrau e me viro para ajudá-la a passar por cima de uma série de fios que estão no caminho. Jade tropeça, mas consigo segurá-la contra o meu corpo antes que ela caia. Somos envolvidos por uma onda de eletricidade. Uma carga magnética tão forte que quase posso sentir um choque ao segurar sua cintura. A energia ao nosso redor parece ainda mais intensa do que quando éramos namorados e mal conseguíamos manter as mãos longe um do outro. O coração dela está acelerado, batendo de encontro ao meu peito com a mesma velocidade que o meu.

Seus olhos estão presos nos meus, e eu não conseguiria soltá--la nem que eu quisesse. Faz tempos que não sinto uma atração tão forte por alguém. Cinco longos anos, se eu for sincero comigo mesmo.

Lentamente, abaixo a cabeça em sua direção, prestes a capturar sua boca num beijo quando o barulho de algo caindo no chão nos tira do transe. Nós dois pulamos, cada um para um lado, assustados. Ela arregala os olhos verdes, a respiração entrecortada, e abre e fecha a boca, como se não soubesse o que dizer.

Olho para o chão sem saber sequer o que pensar... que estranha força é essa que me puxa para ela?

— Ehr... hum... — ela começa, sem jeito. — Preciso ir. Tenho um... bolo para entregar mais tarde — Jade explica, tomando as rédeas da situação.

Concordo rapidamente.

— Claro. Hum... Jade — tento falar algo que possa "consertar" aquele momento. Uma justificativa... um pedido de desculpas, talvez?

— Obrigada pelo tour. A livraria vai ficar linda. Já escolheu o nome? — ela pergunta, indo rapidamente em direção à porta de saída.

— Ainda não. Tenho até o final da semana para decidir.

Ela acena com a cabeça e sorri novamente.

— Preciso correr. Nos falamos depois.

E, sem que eu tenha chance de responder, ela se vai, me deixando confuso e embriagado com o turbilhão de sentimentos que despertou dentro de mim.

Droga.

Foco, Alex. Você não voltou para casa para fazer um remake com a ex-namorada. Vocês são amigos. E só.

Falo comigo mesmo, fazendo o máximo para me convencer.

Amigos... é, amigos.

CAPÍTULO 05

JADE

— Tony, pode colocar a próxima fornada! Lu, desenforma esse bolo com cuidado! Assim que acabar, me avise que vou até aí ajudar você a cobrir — falo para os dois enquanto atravesso a cozinha para encontrar Safira, que me espera na porta com uma prancheta.

Ela sorri para mim.

— Preciso que você assine esses cheques para os pagamentos — ela fala, empurrando a papelada na minha direção. Mal posso acreditar que o último mês passou tão depressa. Safira tem deixado toda a parte burocrática da empresa mais organizada do que achei ser possível. Essa parte do negócio não é mesmo para mim.

Assino os cheques rapidamente, empurro a prancheta de volta para ela e, quando estou prestes a atravessar a cozinha de volta, ouço aquela voz que deixa minhas pernas bambas feito gelatina.

Ele é só um ex-namorado, Jade. Vai com calma!

— Que cheiro delicioso. Se eu convidar a dona do lugar para ver minhas estantes novas, será que eu consigo um pedaço de bolo? — ele pergunta. Safira solta uma risadinha, e eu me viro, ficando frente a frente com Alex.

Safira caminha pela loja, cumprimenta Alex e para atrás dele, falando comigo sem emitir som.

— *Gostoso!*

Seguro a risada e volto a concentrar minha atenção nele. Alex está sorrindo, mas seus olhos parecem cansados.

— Talvez — falo, arqueando a sobrancelha. Então me viro para ajudar a Lu a cobrir o bolo. — Se eu for recebida na livraria com uma xícara daquele café italiano que você comprou na semana passada, pode ser que eu me sinta tentada a levar um pedaço de bolo de baunilha com recheio de trufas — completo, me referindo ao café delicioso que Alex havia encomendado e do qual não parava de se gabar, sem afastar os olhos do bolo que estamos cobrindo.

— Combinado. Posso te esperar daqui a uma hora? — Olho para o relógio de parede e faço uma careta. Três da tarde. Droga.

— Pode ser daqui duas horas? Preciso atender uma cliente às quatro.

— Claro — ele fala, se vira, para na frente da Safira e beija o topo da sua cabeça. Então suspira com ar sonhador e segue na direção da porta. — Não esquece do meu bolo. Um pedaço generoso. — Seu tom é divertido, e eu não consigo evitar um sorriso.

* * *

Já passa das cinco e meia quando finalmente atravesso a rua em direção à livraria para encontrar Alex. A noiva das quatro atrasou, e acabei me demorando mais do que imaginava. Com um suspiro, sigo pela calçada até que vejo a entrada da loja bem à minha frente. Está lindíssima. O deck de madeira foi envernizado e está decorado com vasos de plantas. Além disso, tem dois bancos de madeira no lado esquerdo: um de frente para a rua e outro de lado, formando um L. No lado direito, a porta de entrada também é adornada por plantas. Nem entrei ainda e já estou achando o lugar acolhedor. Do lado de fora, vejo o salão, que antes estava completamente vazio, totalmente iluminado e repleto de estantes e bancadas. Com um sorriso, empurro a porta e um sininho no alto indica a minha entrada.

— Olá! — falo e ouço os passos de alguém vindo dos fundos.

Poucos segundos depois, Alex surge no meu campo de visão, e eu perco um pouco o fôlego. Seus cabelos estão cortados bem curtos, como na época em que namoramos. O rosto parece um pouco mais velho — diria até que mais cansado do que naquela época. E o sorriso agora está escondido atrás de uma barba que emoldura seu rosto e o deixa ainda mais sedutor... se é que isso é possível.

Sinto um nó no estômago e, por um instante, é como se eu voltasse a ser aquela garota de 18 anos que encontrou o primeiro — e mais marcante — amor. Não sei o que Alex tem que mexe tanto comigo. Já conheci muitos homens bonitos, mas nenhum deles me deixou tão balançada quanto ele.

— Oi! — Ele se aproxima sorrindo e me cumprimenta com um beijo no rosto. O perfume masculino é delicioso e familiar.

— Desculpe o atraso — falo, colocando uma mecha de cabelo que se soltou da trança para atrás da orelha. — Fiquei presa com uma cliente.

— Sem problemas. — Ele indica que eu o acompanhe.

— Já está ficando com cara de livraria — eu falo, e o sorriso dele se amplia.

— Boa parte dos móveis chegaram. — Ele aponta para uma bancada no lado esquerdo. — Ali vai ficar o caixa e serviço de atendimento ao cliente. Balcão de lançamentos... e ali — ele aponta para outra bancada. —, o de livros mais vendidos.

Vamos caminhando pela loja, e Alex vai me mostrando onde cada coisa vai ficar. Alguns operários ainda trabalham em alguns retoques, e outros terminam de montar as grandes estantes de madeira que vão acomodar os livros que ficarão expostos.

Alguns instantes depois, chegamos à área que ele reservou para o café.

— O café será seu mesmo ou vai terceirizar? — pergunto.

— Estou avaliando três empresas. Acho que é melhor me concentrar no negócio base e terceirizar esse tipo de serviço.

— Você tem toda razão... se precisar de ajuda... — ofereço, mas, ao mesmo tempo, fico preocupada de estar me impondo a ele.

— Você me ajudaria a avaliar? Jura? — ele pergunta, com olhos brilhantes iguais aos de um garotinho que acabou de ganhar um presente, e eu aceno em concordância.

— Claro. Vai ser um prazer.

Continuamos a conversar quando, de repente, ele se vira, olha para minhas mãos e pergunta:

— E o meu bolo?

Abro a boca e dou um tapinha na testa.

— Ah, droga! Esqueci! Posso ir lá buscar e trazer já.

Ele olha para o relógio.

— Estava pensando... o que acha de sairmos para comer alguma coisa? Poderíamos ir jantar num daqueles restaurantes perto da área em que o seu pai tinha a joalheria... a propósito, ele ainda tem aquela loja?

— Tem, sim! Abriu um por lá que é especializado em massas. Acho que você vai gostar... bem, se você ainda for apaixonado por lasanha!

Alex dá uma risada, e, juro, é um dos sons mais lindos que já ouvi.

— Adoro lasanha. Negócio fechado. Vamos! — ele fala animado, mas seguro seu braço para pará-lo por um instante.

— Calma! — Nós dois rimos. — Preciso pegar minhas coisas na loja. Me encontra em... vinte minutos ali fora? — ele assente, e nos despedimos, prometendo nos encontrar na calçada.

Estou muito animada em retomar o convívio com ele. Só preciso tomar cuidado para não envolver meu coração novamente. Alex é um homem apaixonante, e sei que não vou aguentar se perdê-lo novamente. Saio da livraria falando comigo mesma que é apenas um jantar. Entre amigos. Nada mais do que isso. Não mesmo.

* * *

ALEX

Paro na calçada em frente a *Sonho da Jade* enquanto enrolo a manga da camisa xadrez que estou usando. Um sorriso escapa dos meus lábios ao me lembrar do comentário bem-humorado do Guto, dizendo que eu estava parecendo um garoto de 17 anos vestindo jeans, camisa xadrez e tênis. É... talvez esteja mesmo. Mas estou gostando mais dessa versão descontraída de mim mesmo. É como se eu estivesse recuperando o meu verdadeiro eu, ainda que aos poucos.

Um movimento na porta da loja me chama a atenção. Ergo os olhos e vejo, pela primeira vez, a Jade *adulta* com roupas comuns. A primeira coisa que me chama a atenção são os cabelos livres da trança, que agora batem abaixo dos ombros, mais curtos do que ela costumava usar quando éramos namorados. A franja está solta, e sorrio ao vê-la assoprar uma mecha curta que cai sobre os olhos enquanto pega o chaveiro na bolsa. Meus olhos viajam pelo seu corpo, coberto pela blusa branca com listras pretas, passando pela calça preta — que ela usou antes com o uniforme de chef — até às sapatilhas, também pretas.

Atravesso a rua, e ela ergue os olhos, sorrindo ao me ver.

— Oi — ela cumprimenta, virando a chave e trancando a porta.

— Você está linda. — As palavras parecem escorregar dos meus lábios antes que eu consiga me conter.

— Obrigada. Ainda bem que sempre deixo uma roupa sobressalente na loja. — Ergo a sobrancelha, e ela ri. — Você não achava que eu ia sair para jantar de uniforme, né?

Seguimos até o meu carro, que está estacionado em frente à floricultura da Dona Palmira. Ela nos observa pelo vidro e acena, sorrindo. Abro a porta para Jade entrar e, ao dar a volta até o lado do motorista, vejo Dona Palmira erguer os dois polegares para mim, num gesto de positivo. Não consigo conter a risada.

Atravessamos a cidade em direção ao restaurante, como nos velhos tempos: falando de coisas aleatórias, rindo e brincando um com o outro. Ela me indica o caminho, e passamos em frente à joalheria do seu pai. A pequena e charmosa loja estava com a fachada acesa. *Sophia* é o nome que se vê no letreiro, escrito em letra cursiva e dourada. Segundo Jade havia me contado no passado, era o nome da sua mãe, que foi designer da loja quando viva. Ela me indica o restaurante, que fica a pouco mais de cem metros do local, e eu paro o carro na frente, sendo recebido pelo manobrista. Entrego a chave e dou a volta no carro para ajudá-la a sair.

O local parece uma típica cantina italiana. Somos recebidos pela recepcionista, que nos leva até uma mesa vaga. Depois de nos acomodarmos e fazermos os pedidos, Jade vira os belos olhos verdes para mim.

— Ainda estou achando incrível você ter voltado. Por que desistiu do banco? Quando passou no concurso você ficou tão feliz...

Com um suspiro, começo a explicar. Falo das longas horas de trabalho, da solidão, da falta que senti da minha família. Do quanto eu estava obcecado em ser o melhor e em me tornar vice-presidente antes dos 30, até que a crise de estresse colocou a minha vida em perspectiva.

Do medo que senti de morrer. Do quão profundamente isso me abalou. Falo de tudo... das noites insones, de não correr mais, de sequer me lembrar da última vez que eu tinha realmente me divertido.

Jade me ouve atentamente, seus sentimentos espelhados naqueles olhos tão incomuns. Conto tudo... menos a saudade que senti de momentos como aquele. A saudade que senti dela. De nós.

Depois que a refeição é servida, conversamos sobre nossas vidas. Ela fala do trabalho e da loja. Eu, dos meus planos para a livraria. Das coisas que gostamos de fazer — ainda que eu esteja me reencontrando. Lembramos do passado e de momentos que vivemos juntos, rindo ao recordarmos de como fomos felizes durante aqueles breves meses.

Já é tarde quando paro em frente ao prédio em que ela mora. Saio do carro e dou a volta para abrir a porta para ela. Estendo a mão, e, quando a dela encontra a minha, a eletricidade estala entre nós.

Ela ergue os olhos, que cintilam como duas pedras preciosas, umedece os lábios, e, antes que tenha a chance de falar qualquer coisa, eu me aproximo e meus lábios encontram os dela.

Nosso beijo tem sabor de saudade, vinho tinto e da doçura que emana de Jade e é ingrediente dos seus bolos maravilhosos. Suas mãos envolvem meu corpo. A minha segura sua cintura, enquanto a outra se entrelaça em seus cabelos macios. Aprofundamos o beijo até que nossas respirações estejam misturadas e nossos corpos se tornem um só — ainda que tenham a barreira das roupas a separá-los.

Lentamente, nossos lábios se afastam, e ela pisca, abrindo os olhos. Neles estão refletidos todos aqueles sentimentos que borbulham dentro de mim. Surpresa. Desejo. Carinho. *Saudade.*

Sorrio, e ela retribui.

— Eu...

— Nós...

Falamos ao mesmo tempo e, então, rimos.

— Obrigado pela companhia, Jade. Foi uma noite incrível — falo, e ela sorri.

— Eu que agradeço.

Ela sorri novamente, e, antes que ela se afaste para entrar no prédio, dou um beijo rápido em seus lábios e murmuro contra a sua boca:

— Você continua me devendo aquele bolo.

Pisco e me afasto para que ela possa ir. Jade segue até o portão e, ao entrar, se vira e olha para mim. Não sei o que fiz de bom para merecer uma segunda chance com a melhor coisa que tinha acontecido na minha vida, mas não vou desperdiçar a oportunidade de tentar novamente com a Jade. Não mesmo.

CAPÍTULO 06

JADE

Com a bolsa atravessada no corpo, me abaixo para amarrar o cadarço do tênis. Estou a caminho do pilates — única atividade física que consegui me convencer a praticar e que me faz aguentar ficar tantas horas em pé na cozinha sem que a minha coluna grite de dor. Ao me levantar, vejo o rosto que esteve muito perto do meu ontem — colado, para falar a verdade.

Observo Alex, que está de calça de moletom cinza e camiseta branca grudada ao abdômen definido. Sua boca está curvada numa careta e o cenho, franzido enquanto seu peito sobe e desce rapidamente.

— Bom dia — falo ao me aproximar dele que, ao me ver, imediatamente transforma a careta num sorriso bonito por trás da barba. Ele retribui o cumprimento. — O que está fazendo?

— Tentei correr, mas acho que o meu organismo desenvolveu algum tipo de alergia a isso — ele fala, e nós dois rimos. — Já está indo para a loja? — ele pergunta e olha o relógio de pulso.

— Pilates — respondo. — O que acha de caminhar comigo até lá? Talvez seu corpo não seja alérgico a caminhadas. — Alex solta uma risada alta, e eu mordo o lábio inferior, pensando no quanto ele fica lindo quando ri assim. Me sinto meio boba, como se fosse uma garota de 18 anos e não uma mulher de 23, mas é como ele me faz sentir quando estou ao seu lado. *Vai com calma, Jade!*, meu subconsciente suplica, mas Alex começa a falar algo sobre o tempo de Curitiba ser muito diferente do de Brasília enquanto atravessamos a ciclovia do parque, o que faz com que a voz do meu subconsciente seja sufocada pela voz grave e muito mais interessante de Alex.

Após alguns minutos andando juntos, paramos em frente ao estúdio em que faço as aulas, e ele me devolve a bolsa que tinha tirado do meu ombro quando começamos a andar. Apesar do exercício, ele parece bem-disposto e animado.

— Muito obrigada pela companhia — agradeço, enquanto transpasso a bolsa novamente pelo corpo. Ele me encara e se aproxima, empurrando uma mecha de cabelo para atrás da minha orelha. Seus olhos desviam dos meus em direção aos meus lábios, e eu sinto o meu coração acelerar. *Será que ele vai me beijar de novo?*

— Eu que agradeço — ele murmura, ainda observando a minha boca. — Aparentemente, não sou alérgico a caminhadas — ele brinca, e eu solto uma risada. Ele também ri. — Principalmente quando são feitas em companhia tão boa.

Desvio o olhar dos seus lábios e encaro seus olhos castanhos.

— Talvez, apenas talvez, seu corpo não tenha desenvolvido alergia a corrida — nós dois rimos —, ele apenas está fora de forma e te avisando para começar com calma, quem sabe com uma caminhada todas as quartas e sextas? — Ergo uma sobrancelha, e um brilho de desafio aparece em seus olhos.

— Isso é um convite? — ele pergunta.

— Talvez — respondo. Fico na ponta dos pés para alcançar seu rosto e beijo a sua bochecha, sentindo a barba arranhar de leve os meus lábios. — Nos vemos na loja? — pergunto ao me afastar, seguindo para a entrada do estúdio.

— Claro. Vamos instalar o letreiro hoje.

Meus olhos se arregalam, e meus lábios se entreabrem com a surpresa.

— Jura? Estou curiosíssima para ver o nome que você escolheu! — Bato palmas, animada.

— Nos vemos mais tarde, então. — Ele pisca, e eu sorrio, me virando para entrar no estúdio.

As aulas de pilates nunca pareceram tão interessantes.

* * *

ALEX

Aparentemente, meu corpo realmente não era alérgico a caminhadas... tampouco a corridas. Ele só precisava começar devagar, ao lado de algum outro estímulo que não fosse vencer a dificuldade de mudar os hábitos da minha vida. E esse estímulo era a Jade. Jamais imaginei que a reencontraria ao retornar à cidade. Muito menos que ela seria tão importante nessa fase de recomeços que eu estava vivendo. Passei a acompanhá-la até o estúdio de pilates às quartas e sextas, e recomecei a correr por meia hora às terças e quintas. Estava com mais fôlego, mais disposição e sentindo que finalmente estava recuperando a forma física após algumas semanas.

Jade se tornou presença constante na minha vida. Nos vemos diariamente no trabalho. Algumas vezes, ela atravessa a rua e leva uma fatia de bolo, resultado de alguma receita nova para que eu possa experimentar. Outras, entro na sua loja e a sequestro por uma horinha para que ela possa me fazer companhia no almoço. Quando fica cansada demais por passar o dia inteiro de pé na cozinha, ela vai até o segundo andar da livraria e, enquanto eu arrumo os livros que começaram a chegar em seus lugares, ela se senta, coloca os pés para cima e toma uma xícara do meu café italiano, com os olhos fechados, inspirando e expirando. É engraçado como durante esse tempo percebi algumas coisas peculiares a seu respeito: ela usa uma franja de lado que quase sempre cai sobre seus olhos. E sempre que isso acontece, ela franze o nariz de um jeito gracioso; ela sempre anda com um bloco de anotações e uma caneta e, quando menos se espera, escreve alguma coisa. Descobri que são receitas aleatórias que surgem na sua cabeça, tendo momentos de inspiração como um romancista teria, só que o protagonista em questão é algum ingrediente que existe na sua cozinha; quando está feliz, ela sorri com o rosto todo, refletindo nos olhos a alegria que sente; ela morde de leve o lábio inferior quando está tentando controlar a vontade de me beijar — o que me faz roubar um beijo sempre que ela faz isso.

Mas, apesar de estarmos sempre às voltas um do outro, nossa relação tem como base principal a amizade. Ela me dá sugestões, conversa, desabafa, assim como eu. Desfrutamos de inúmeros momentos juntos, tendo conversas interessantes ou fazendo algo divertido e, de vez em quando — sempre, na verdade — nos beijamos. Está sendo um momento de redescoberta, em que estamos conhecendo melhor nossas versões adultas, para — eu espero —, num futuro próximo, passarmos da etapa da amizade colorida para algo mais *consistente*. Sua presença em minha vida é algo inestimável, e, ainda que eu queira ir com um pouco de calma, sinto como se estivesse me apaixonando um pouquinho a cada dia.

Só preciso ter certeza de que estou realmente pronto para amar... de novo.

CAPÍTULO 07

ALEX

Hoje é a festa de inauguração da *Em cada página*, o projeto que levei meses desenvolvendo e tornando realidade. Mal posso acreditar que tanto tempo se passou desde que me deparei com o casarão que aluguei da Dona Palmira. O tempo parece ter voado. Antes de abrir a loja definitivamente para o público, Jade, Guto e Safira — que pareciam se aproximar mais a cada dia — me convenceram a oferecer um coquetel para os empresários da vizinhança, amigos e familiares. Será uma reunião íntima, onde vou ter a chance de apresentar a livraria e compartilhar meu orgulho com pessoas que são parte importante da minha vida.

Após cumprimentar a gerente do buffet indicado pela Jade, atravesso a loja enquanto visto o blazer, me preparando para receber os convidados. Olho meu relógio. Em vinte minutos mais ou menos as pessoas começarão a chegar. Uma batida suave na porta me chama atenção. Sorrio ao caminhar até a entrada e abrir a porta para que Jade possa entrar.

— Oi — ela cumprimenta com um sorriso, e eu perco o fôlego ao ver o quanto ela está linda. Os cabelos negros estão soltos e parecem brilhar ainda mais contra o casaco branco que ela está usando. Ela se aproxima e beija meu rosto.

— Você está... maravilhosa — falo, e o sorriso dela se amplia.

— Você não está nada mal. — Ela pisca para mim, ajeita a gola do blazer e passa a mão pelo meu rosto.

Ela abre os botões do casaco leve, e eu a ajudo a tirá-lo, revelando um belo vestido azul-escuro com flores num tom de rosa-claro que abraça suas curvas.

— Linda — murmuro contra sua orelha e pego o casaco das suas mãos, levando-o para trás do balcão onde fica o caixa.

Vou até ela e entrelaço minha mão na sua, levando-a para dar uma última volta antes que os convidados comecem a chegar.

— Nervoso? — ela pergunta ao pararmos ao lado do local onde a equipe montou um pequeno bar para servir os convidados.

— Um pouco... — Ela arqueia a sobrancelha. — Muito — confesso, e ela ri.

— Quantas horas você dormiu essa noite? — Ela me faz essa pergunta diariamente desde que comentei a respeito da minha insônia crônica.

— Cinco horas e meia. Foi uma vitória — respondo rindo, e ela assente.

— Espero pelo dia que você conseguirá oito horas seguidas — ela mordisca o lábio, e eu me aproximo. Seu perfume doce me envolve, e nossos lábios estão tão próximos que a sua respiração se confunde com a minha. Estou prestes a roubar um beijo quando ouço um barulho na porta. Droga.

— Espero pelo momento em que vou poder te beijar sem ser interrompido pelos convidados — falo baixinho e sorrio, me afastando dela para abrir a porta.

A noite flui com animação. Uma música suave toca nos alto-falantes enquanto os convidados caminham pela loja, bebem champanhe e conversam, animados. Todos, sem exceção, elogiam a beleza da livraria e me parabenizam pelo empreendimento.

Dona Palmira, minha locadora, se aproxima com lágrimas nos olhos e uma pilha de livros nas mãos.

— Ah, meu filho! Que coisa mais maravilhosa você fez aqui — ela fala, com a voz embargada. — A livraria está linda, nem parece com aquela loja que você alugou há meses. Estou tão animada que já separei todos esses títulos para mim. — Ela me mostra a pilha de romances que escolheu, e eu a ajudo a ir até o caixa, que está funcionando e oferecendo um belo desconto de inauguração.

— Ficou linda mesmo, né? — falo, orgulhoso. — Mal posso acreditar que a *Em cada página* está finalmente aberta.

Passo a noite circulando de grupo em grupo, conversando, brindando, rindo e recebendo os parabéns. Porém, durante todo tempo, meus olhos estão atentos à bela morena que me rouba o ar e faz meu coração acelerar. Jade é uma perfeita anfitriã, dividindo comigo a responsabilidade de receber bem os convidados. Durante toda a noite trocamos olhares, sorrisos e pequenos toques sempre que nos aproximamos, coisa que acontece muito. É como se cada um de nós estivesse com um ímã que, mesmo que o outro esteja do outro lado do salão, a força magnética nos puxa para o outro.

Em determinado momento, ao lado dos meus pais e da minha irmã, Ana, que está acompanhada do noivo — com quem vai se casar em três semanas —, ergo a taça que está em minha mão e bato levemente nela com um garfo, chamando a atenção de todos. Os convidados se aproximam. Jade, que está ao lado do pai e de Safira, sorri para mim, parecendo orgulhosa.

— Obrigado a todos por virem — começo meu discurso. — Esta é uma noite muito especial. Durante meses depois de voltar de Brasília, me senti perdido. Apesar de saber que precisava de um novo rumo em minha vida, não sabia por onde começar. No período em que fiquei na casa dos meus pais, foi nas páginas dos livros que encontrei consolo em meus momentos de desânimo, alívio quando me senti angustiado e conforto quando precisei de apoio. Encontrei em cada página a chance de me afastar dos problemas que me afligiam, e incentivo para acreditar que eu podia voltar a sonhar.

Olho ao redor e todos estão focados em mim.

— Aos poucos, com a ajuda do Guto — aceno com a cabeça em direção ao meu melhor amigo —, consegui desenvolver o planejamento necessário para que esse sonho se tornasse realidade. Só faltava um local especial. Aquele que realmente me fizesse sentir que era o lugar certo.

Os olhos de Dona Palmira brilham ao me ouvir falar da loja.

— Um dia, a minha irmã me arrastou para a prova do bolo do seu casamento. Porém, mais do que uma manhã com a promessa de me deliciar com doces incríveis, tive a chance de encontrar o lugar perfeito para realizar o meu sonho. E, de quebra, ainda reencontrei alguém que era muito especial para mim.

Meus olhos se focam em Jade, que sorri para mim, emocionada.

— Aquela manhã mudou tudo — falo, olhando para ela e torcendo para que entenda que aquele tudo se refere também a ela. — Encontrei o lugar perfeito — faço um movimento com a mão indicando a loja —, fiz amigos incríveis — olho para Dona Palmira, alguns vizinhos, Safira, Lu e Tony. —, encontrei felicidade quando não imaginava que esse sentimento estivesse reservado para mim. — Meus olhos se voltam para Jade, e sorrio para ela. — Sejam bem-vindos à *Em cada página*. Que vocês encontrem aqui a mesma alegria que encontrei. E muito obrigado a todos que me ajudaram a tornar esse sonho realidade.

Ergo a taça, e os convidados aplaudem, brindando junto comigo. Olho para Jade, que ergue a taça para mim e murmura: *estou orgulhosa de você*. Pisco para ela, tocado por seu carinho. Não vejo a hora de ficarmos a sós para poder beijá-la como desejei durante toda a noite.

* * *

JADE

O coquetel de inauguração da *Em cada página*, a encantadora livraria de Alex, está no fim. Estou tão orgulhosa dele que passei a noite com o coração repleto de felicidade. A recepção foi um sucesso, e a inauguração foi até matéria no jornal local.

Enquanto Alex se despede dos últimos convidados, a equipe do buffet começa a fazer a limpeza do local e eu o observo. Estamos juntos há algumas semanas, desde que saímos para jantar e ele me beijou pela primeira vez, apesar de eu não saber exatamente como nomear o que temos: *amigos? Namorados? Ficantes? Amigos coloridos?* Solto uma risada baixa ao pensar nisso. A verdade é que, a cada dia, Alex tem feito cada vez mais parte da minha vida. Me afastei completamente de Cássio, o rapaz com quem eu saía de vez em quando. Não achava certo me envolver com Alex sem estar totalmente livre, apesar de não estar realmente em um relacionamento com o Cássio.

Alex e eu nos falamos várias vezes por dia, e sinto como se ele nunca tivesse ficado longe. Rimos, brincamos, conversamos, trocamos ideias sobre o trabalho, caminhamos juntos... nos beijamos. E, como há cinco anos, um simples beijo dele tem o poder de me colocar na palma da sua mão. Ao mesmo tempo que isso me traz uma onda de felicidade, me assusta pra caramba. Meu lado cético — que, apesar de eu fazer o máximo para ser positiva, de vez em quando aparece — cisma em rastejar pelos cantos do meu coração e, quando menos espero, lança dúvidas sobre como será o futuro entre nós. *E se ele for embora novamente? E se alguém mais interessante aparecer? E se ele não sentir o mesmo que eu? E se...?*

Solto um suspiro profundo. Por mais que eu queira ir devagar, Alex despertou sentimentos que estavam apenas adormecidos dentro de mim. O Alex da juventude era incrível e me fez sentir coisas que ninguém jamais conseguiu. Mas o Alex adulto, bem, esse fez com que eu me apaixonasse novamente e tem o poder de partir meu coração em mil pedacinhos num piscar de olhos.

Alex fecha a porta quando o último convidado se vai, e se encosta nela com um olhar satisfeito. Observo seu sorriso, que é ainda mais matador do que há cinco anos. Ele continua não sendo o meu tipo ideal, com os cabelos tão escuros quanto os meus cortados à máquina e a barba cerrada. Mas me deixa tão ou mais sem ar do que no passado. Nossos olhos se encontram, e, naquele instante, sei exatamente o que vai acontecer. Meu lado cético pula dentro do peito, grita e quase implora para que eu não concorde. Mas o meu lado apaixonado — aquele que me torna impulsiva e que não resiste à intensidade do homem à minha frente — faz uma dancinha feliz no peito e acerta o seu oponente com um balanço de quadril enquanto canta em comemoração.

Essa noite eu serei dele. Essa é uma verdade incontestável. E, apesar do sentimento de antecipação, só me resta esperar que, quando o amanhã chegar, se eu o perder novamente, as lembranças e a saudade continuem sendo suficientes para me fazer seguir em frente. Sem desmoronar.

CAPÍTULO 08

ALEX

— Estou de olho em você — falo para Guto antes de fechar a porta, indicando Safira, que está sentada em um dos bancos de madeira na frente da livraria, remexendo na bolsa. — Ela não é como aquelas garotas com as quais você costuma sair — aviso em voz baixa.

Conheço o Guto desde garoto. Crescemos juntos na mesma vizinhança e sabíamos mais um sobre o outro do que qualquer outra pessoa que eu conhecia. Ele é um cara boa-pinta e está sempre com uma garota a tiracolo. Mas geralmente elas conhecem bem as regras do jogo: relacionamentos casuais, sem se apegar, baseados apenas em diversão. Já Safira é muito mais jovem do que nós dois, cheia de sonhos e com um coração doce. A última coisa que preciso é ver a irmã da minha namorada com o coração partido. Tá bom, *futura namorada*. Esse é um título que pretendo acertar muito em breve.

— Eu sei, Alex. — Ele desvia o olhar para Safira e suspira. — Ela é realmente diferente... e eu... sei lá... estou gostando.

Guto fala a última parte quase com um grunhido, como se estivesse surpreso demais para colocar aqueles sentimentos em palavras. Seguro a sua mão com firmeza e o puxo para um abraço, dando um tapinha em suas costas. Ele retribui o cumprimento.

— Obrigado por tudo, cara — falo, indicando a livraria. Ele sorri.

— Foi um prazer. A loja está incrível — ele responde e se vira, indo em direção à bela jovem de cabelos loiros que o aguarda.

Me despeço dos dois e, quando eles seguem em direção ao carro do Guto, volto para dentro da loja e fecho a porta. Ao me virar, noto Jade brincando com uma taça de champanhe. Ela ergue os olhos e sorri ao me ver. Ao longe, ouço os sons da equipe do buffet, que arruma as louças. Sigo até ela. Antes que qualquer um de nós fale, seguro seu rosto, e meus lábios capturam os seus num beijo apaixonado. Ela geme baixinho, e lentamente nos afastamos alguns centímetros, apenas o suficiente para que possamos nos encarar. Estamos prestes a nos beijar novamente quando ouço um pigarrear atrás de nós. Ao me virar, vejo a gerente do buffet aguardando enquanto remexe os dedos.

— Desculpem — ela começa, e eu sorrio. — Já finalizamos tudo. Espero que tenha corrido tudo bem.

— Foi ótimo, muito obrigado. — Eu me afasto de Jade e, vou até ela e entrego um cheque. Ela agradece, se despede e sai, deixando apenas nós dois na livraria. Quando a porta dos fundos bate, Jade coloca uma mecha de cabelo atrás da orelha, e eu sorrio para ela. Percorro o espaço que nos separa, beijo seus lábios mais uma vez e murmuro com a testa encostada contra a sua:

— Vou apagar as luzes e trancar tudo. Então poderemos ir.

* * *

A noite fresca do começo da primavera avança. São quase dez da noite, e, ao olhar para cima, vejo o céu completamente estrelado, sem qualquer nuvem. A paixão que nos envolve aumenta a cada segundo, como se a tivéssemos mantido em fogo brando e agora ela tivesse atingido o ponto de ebulição.

Seguimos até o meu apartamento em silêncio. As palavras não são necessárias. Nesse momento, nos falamos através do olhar, do toque dos seus dedos nos meus, através dos beijos roubados entre um sinal fechado e outro, pela respiração entrecortada e os corações acelerados.

Finalmente chegamos. Após estacionar, subimos de elevador. Assim que a porta do meu apartamento se abre, minhas mãos envolvem a cintura de Jade, como se tivessem vontade própria, e puxam seu corpo contra o meu.

Enquanto seguimos para o quarto, nossas roupas vão ficando pelo caminho, e, ao nos deitarmos na cama, somos uma confusão de beijos, toques, carícias e murmúrios. Tomados pela paixão que nos consome, Jade e eu nos tornamos um só, provando com nossos corpos aquilo que os nossos corações reconheceram no exato momento que nos vimos novamente.

* * *

Pisco lentamente. Aos poucos meus olhos se acostumam à claridade que invade o quarto através das cortinas. Jade se move devagar ao meu lado, se aconchegando ao calor do meu corpo.

Sorrio ao olhar para ela. Os longos cílios tocam seu rosto relaxado, fazendo-a parecer em paz. Ela suspira contra o meu peito, seu corpo nu, coberto pelo lençol, pesando contra o meu. Enquanto a observo e brinco com seus cabelos negros espalhados sobre a fronha branca, minha mente volta para a noite passada. Com qualquer outra pessoa, eu diria que fizemos sexo. Sexo muito bom. Fenomenal. Mas com Jade é mais do que isso. A sensação que meu corpo tem quando estou com ela é de reconhecimento. Estar com Jade é diferente de qualquer outra relação que já tive. Sempre ouvi dizer que amar desperta uma sensação de pertencimento, porém, mais do que isso, quando se está com alguém que você ama, absolutamente tudo naquela pessoa é certo: o toque, o beijo, o cheiro. Não há carícia ou sabor igual, e ainda que aquelas duas almas se mantenham afastadas por qualquer acaso do destino — como Jade e eu —, quando elas se reúnem novamente, a sensação de reconhecimento é ainda mais poderosa.

Jamais imaginei que algum dia fosse amar alguém de forma tão intensa. Sim, tenho certeza de que o que sinto por ela é amor. Um amor puro, intenso e muito especial... daqueles que não importa a distância ou o tempo, vai durar para sempre.

Sempre acreditei que o amor era uma espécie de ideologia romântica, na qual homens e mulheres falavam essas três palavrinhas como forma de justificar uma relação mais especial... talvez até como uma convenção da sociedade, que teima em querer dar nomes àquilo que sentimos. Mas ali, deitado ao lado dela em minha cama, percebo que o amor é o sentimento que faz tudo valer a pena. Que ele completa, invade e transborda em espaços da sua alma que você sequer imagina existir.

Jade se mexe em meus braços, me tirando dos meus pensamentos e me fazendo sorrir ao ver aqueles olhos verdes olhando para mim.

— Oi... — ela murmura, e eu sorrio, fazendo com que um sorriso feliz surja em seus lábios e deixando a covinha do lado esquerdo do rosto aparecer.

— Ei, bom dia. — Dou um beijo leve em seus lábios e a aperto mais em meus braços. — Quer tomar café? — pergunto, ainda acariciando seus cabelos.

— Hum... que horas são? — ela pergunta, e eu me viro para olhar as horas no relógio sobre a mesa de cabeceira.

— Caramba... — murmuro, assustado com a hora. — Nove horas. Ainda bem que hoje é domingo e que só precisamos trabalhar amanhã.

Olho para Jade, que parece mais desperta agora. Ela se senta na cama, cobrindo o corpo com o lençol e me olha com um sorrisinho.

— Quantas horas você dormiu? — ela repete a pergunta que me faz diariamente, e eu sorrio de volta.

— Pelo menos umas oito horas. — Eu a puxo de volta para mim e a beijo lentamente.

— Você conseguiu, Alex! Dormiu a noite inteira!

Ela se apoia sobre o meu peito, e nos beijamos apaixonadamente, completamente esquecidos do café. Jade traz à tona o melhor de mim. Ao lado dela, estou conseguindo recomeçar a minha vida e voltar a ser o mesmo cara de antes, encontrando a alegria de viver que eu tinha perdido pelo caminho. Meu coração acelera com a certeza de que depois de vagar pelo mundo por muito tempo — cinco anos, para ser mais preciso —, eu finalmente voltei para casa.

CAPÍTULO 09

JADE

Se alguém fizesse uma pesquisa com as mulheres em um relacionamento, dez em cada dez entrevistadas diriam que a pior coisa que um homem poderia falar para uma mulher é: *precisamos conversar.* Essas duas palavrinhas abrem margem para uma série de interpretações, desde *o que vamos fazer hoje à noite* até o fatídico *sinto muito, meu bem, mas quero terminar.*

Não que eu esteja em um relacionamento. Na verdade, tudo indica que sim, já que Alex e eu estamos juntos desde aquele primeiro beijo há pouco mais de oito meses, mas, apesar de me tratar com todo carinho do mundo, de me fazer sentir especial, de tirar meus pés do chão quando me beija, fazer meu coração bater mais forte só com a sua voz e participar ativa e diariamente da minha vida, ele — nem eu

— nunca falou as palavrinhas mágicas que afirmavam que estamos em uma relação.

Meu pai diz que estou sendo dramática demais. Safira, que estou fora de moda, afinal, uma mulher de quase 24 anos não é mais pedida em namoro nos dias de hoje e que, se estou em um relacionamento monogâmico com Alex há tantos meses, eu estava sim namorando. Lu insistiu que eu tinha toda razão em me sentir preocupada, já que nós mulheres não temos como adivinhar o que se passa pela cabeça dos homens, o que gerou uma enorme discussão na minha cozinha, seguida por um pedido de namoro oficial feito por Tony a ela e que foi imediatamente aceito.

Isso vinha me angustiando há algumas semanas, mas não encontrei o momento propício para falar a respeito. A *Sonho da Jade* está entrando no período mais agitado do ano, que são os dois meses que antecedem o mês das noivas, época em que a maioria dos casamentos acontece, triplicando a nossa demanda de trabalho.

Então, hoje, bem no dia do meu aniversário, antes de sair da minha casa para correr, Alex disse que à noite me levaria para jantar, pois precisava conversar comigo. E é por isso que eu estou desde cedo andando sem rumo pela cozinha, batendo o creme para recheio de um bolo há quase quarenta minutos, como se a minha vida dependesse disso.

Tony tira o recipiente onde está a massa das minhas mãos, cheira e faz uma careta.

— Meu Deus, Jade, você colocou limão na massa do bolo de amora? — Meus ombros caem ao perceber que tinha estragado a receita. Droga. — Por que você não vai para casa tomar um banho e vestir uma roupa bonita para o jantar de hoje à noite? Eu aviso ao Alex que você está lá.

Estou prestes a abrir a boca para protestar quando o som de alguém entrando na loja desvia a minha atenção. Atravesso a cozinha, empurro a porta vaivém e vejo Dona Palmira. Ela abre um grande sorriso ao me ver.

Vou até ela, que me cumprimenta com dois beijos estalados no rosto.

— Minha menina bonita — ela fala com um sorriso enorme enquanto passa a mão enrugada em meu rosto. — Vim até aqui lhe dar um abraço de parabéns.

— Ah, Dona Palmira. Muito obrigada. — Ela me aperta em seus braços por alguns instantes até que se afasta um pouco e me olha nos olhos.

— Quando eu tinha a sua idade, minha avó dizia que o dia do aniversário da pessoa era muito especial. É o dia em que suas energias estão cintilando, preparando o seu corpo e a sua alma para uma nova etapa na vida... quase como um recomeço, sabe?

Aceno em concordância. Ela segura as minhas mãos.

— Hoje, tenho certeza de que a minha avó estava certa. Abra seu coração para as novidades que a vida te reserva, Jade. Tenho certeza de que elas irão te fazer muito, mas muito feliz — ela fala e me abraça novamente. — Seja feliz. — Ela leva a mão ao meu rosto novamente, dá duas batidinhas, pisca e se vai, me deixando confusa com essa história de alma cintilante.

Safira se aproxima, coloca a bolsa na minha mão e me empurra em direção à porta.

— Anda, vai ficar linda para o bonitão da livraria.

Meus ombros caem.

— Ah, Safira... e se ele... ter... — Ela coloca a mão sobre a minha boca, me impedindo de terminar de falar.

— No dia do seu aniversário, o pensamento tem que ser ainda mais positivo do que o normal. Tudo vai dar certo, Jade. — Ela pisca para mim. — Confie.

Respiro fundo, coloco a bolsa sobre o ombro e me viro para ir embora.

— Jade? — ela me chama, e eu me viro, olhando em sua direção. — Lembra no passado, quando vocês se separaram e você canalizou toda a saudade e o amor que sentiu por ele para tornar o seu sonho realidade?

— Si... sim. — Minha voz falha.

— Foque nos sentimentos que o Alex desperta em você. No amor que você sente por ele. Na saudade que sentiu todos esses anos até reencontrá-lo. Vai dar tudo certo.

Ela pisca e volta para a cozinha sem olhar para trás.

CAPÍTULO 10

ALEX

Estou na sala do apartamento da Jade, andando de um lado para outro, enquanto espero que ela termine de se aprontar. A noite de hoje é importante. Além de ser seu aniversário, é o dia em que iremos definir o que vai acontecer com as nossas vidas daqui pra frente.

Estamos juntos há meses, e, desde que nos reencontramos, a minha vida mudou para melhor. O Alex estressado, que tinha insônia todas as noites e corria o risco de ter um enfarte antes dos 30 tinha se tornado um cara tranquilo, que dorme a noite inteira, se alimenta bem e corre 8 quilômetros diariamente. A presença da Jade na minha vida foi determinante para que eu tenha conseguido recomeçar. Ao lado dela, entendi que além de ter bons hábitos que mantenham a minha saúde em ordem, estar com o coração feliz é essencial para viver uma vida plena.

A *Em cada página* está indo muito bem. O movimento na loja é sempre intenso, e eu tinha contratado três novos funcionários no último mês para me ajudar a dar conta de tantos clientes. O café era um sucesso entre nossos visitantes, e todos os meses tínhamos uma reunião, sempre lotada, do clube do livro, apresentado por uma blogueira da cidade muito influente no meio literário. Alguns artistas se apresentaram em nosso espaço de eventos, promovendo *pockets shows* e integrando ainda mais a comunidade. Estou mais realizado do que jamais imaginei estar.

Paro em frente à janela do apartamento dela, olhando a vista da cidade sob a noite enquanto ajeito o nó da gravata. Posso sentir meu coração acelerado no peito, em expectativa pela noite que teremos pela frente. Passo a mão pelos cabelos muito curtos, me sentindo novamente como o garoto que eu era quando fui buscá-la pela primeira vez para sair comigo.

Um movimento refletido no vidro da janela me chama a atenção, e eu me viro, me sentindo como se tivesse sido nocauteado pela beleza dessa mulher. Da minha mulher. Daquela que me beija com lábios doces, que me abraça apertado, ouve minhas ideias e, todas as noites, dorme em meus braços me fazendo sentir completo, parte de algo tão especial como o sentimento que nos envolve.

Por alguns segundos, só consigo observá-la. Jade está linda, usando um vestido de mangas longas verde da cor dos seus olhos. A peça, pouco acima do joelho, me permite ter a visão daquelas pernas incríveis, alongadas por uma sandália sensual. Seus cabelos estão soltos, do jeito que eu adoro, mais longos do que quando nos encontramos meses atrás. Ela me olha com apreciação, e eu me aproximo, beijando-a ternamente. Nesse momento, as palavras me faltam. Quando nos afastamos, ela sorri e eu falo:

— Feliz aniversário, linda. — O sorriso dela se amplia. Entrelaço minha mão na dela e posso sentir seus dedos trêmulos e frios. — Ei, está tudo bem? — pergunto, preocupado.

— Acho que estou ansiosa — ela responde. — Você disse que precisávamos conversar, mas fiquei um pouco tensa com o tema da conversa.

Ergo a sobrancelha para ela, que dá de ombros levemente.

— Você quer terminar comigo? — ela pergunta e coloca a mão sobre os lábios, como se a pergunta tivesse escapado sem que ela pudesse evitar.

— Terminar? — pergunto, com uma expressão confusa. — Não. Não quero terminar. Você quer? — devolvo o questionamento, e ela balança a cabeça, negando.

Suspiro longamente, aliviado.

— Que bom, porque na verdade... — Enfio a mão no bolso, retiro uma caixinha preta de veludo e me apoio no joelho direito.

Os olhos de Jade brilham enquanto as lágrimas começam a se formar.

— ...Eu gostaria mesmo é de fazer um pedido. — Sorrio e abro a caixa, deixando o anel de ouro branco e diamantes, que pertenceu a sua mãe e me foi entregue pelo pai dela, à vista. — Você é o grande amor da minha vida, Jade. Sempre foi. Nunca superei a saudade que senti de você durante o tempo que ficamos afastados. E não posso sequer pensar em perder você novamente. Quero dormir ao seu lado todos os dias e que seus lindos olhos sejam a primeira coisa que eu veja ao acordar. Quero experimentar todas as receitas que você fizer, caminhar ao seu lado todos os dias pelo parque e dançar com você na nossa sala de estar, com as luzes apagadas e nossa música tocando no aparelho de som. Quero ser seu amigo, seu melhor amigo. Seu marido. Seu amor. — As lágrimas que ela estava segurando caem, e ela sorri, ao mesmo tempo que chora. Sinto um nó na garganta, e lágrimas chegam aos meus próprios olhos. — Porque você já é tudo isso pra mim. A mulher da minha vida. O doce reencontro que o destino me proporcionou. A dona do meu coração e do meu amor. Quer se casar comigo? — pergunto. Enquanto as lágrimas caem dos nossos rostos, a emoção preenchendo cada pedaço do nosso coração, ela finalmente responde:

— Sim, Alex. Eu me caso com você — ela murmura com a voz embargada enquanto assente.

Beijo seus dedos da mão direita e, então, deslizo a aliança pelo seu anelar, apreciando a sensação que me invade: de pertencimento e reciprocidade. De amor. Do mais puro e sincero amor que uma pessoa pode sentir pela outra.

Ela sorri, ainda emocionada, e eu me levanto e envolvo meus braços ao redor do seu corpo. Nos beijamos apaixonadamente, e alguns instantes depois nos afastamos apenas o suficiente para que possamos olhar nos olhos um do outro.

— Eu te amo.

— Amo você — murmuramos ao mesmo tempo e rimos, felizes.

Passo a ponta dos dedos pelo seu rosto, enxugando as lágrimas que escorrem.

— Nunca mais quero ficar longe de você — falo, e ela assente.

— Vamos ficar juntos para sempre, Alex.

Eu a beijo novamente, e, poucos instantes depois, secamos as lágrimas e nos preparamos para sair. Reservei uma mesa em um restaurante bacana para comemorarmos seu aniversário. O que ela não sabe é que nossos pais, familiares e amigos estarão presentes nessa comemoração, que será ainda mais doce e especial agora.

EPÍLOGO

JOÃO PEDRO

O jardim da casa de festas está lotado. Vovô e vovó — os pais do meu papai — estão sentados com meu vovô Silvio, que está acompanhado da Dona Palmira, a quem eu já chamo de vovó. A minha vovó Sophia — que, por enquanto, toma conta de mim — disse que estava feliz pelo vovô ter reencontrado a felicidade, e que sou um garotinho de sorte por ter tantos vovôs que vão me amar muito. Vovô Silvio olha para a mamãe e sorri ao vê-la mandar um beijo no ar.

— Minha menina preciosa — ele murmura, e mamãe sorri ao identificar as palavras que saem dos seus lábios. Então ele volta a atenção para a conversa, e mamãe e eu continuamos a observar a festa que acontece no jardim.

Em outra mesa, tia Ana e tio Renato — que tinham se casado

há alguns meses — conversam animados com alguns amigos. Ele gesticula, como sempre faz ao falar daquelas cirurgias sangrentas, e tia Ana faz uma careta de nojo, como sempre acontece quando ele toca nesse assunto. Eu a entendo. É nojento *mesmo*, e não sei como ele pode gostar disso. Ele passa o braço pelos ombros dela, puxa seu corpo para o dele e beija o topo da sua cabeça com suavidade. Mamãe sempre diz que eles são perfeitos um para o outro, e tenho que concordar que eles fazem um casal bonito, mesmo que ele goste de sangue. *Eca.*

Na pista de dança, uma banda toca uma música romântica, e tio Tony e tia Lu dançam abraçados. Ele murmura algo no ouvido dela, que ergue a cabeça e sorri, assentindo. Eles são tios muito engraçados e trabalham com a mamãe, que costuma dizer que, para qualquer chef, ter um casal em sua cozinha podia ser um problema. Mas, para ela, o relacionamento dos dois é um ingrediente a mais nos bolos que eles preparam. Não sei o que isso quer dizer, mas acho que quanto mais amor, melhor, né?

A canção romântica termina, dando lugar a uma um pouco mais agitada. Legal! Balanço minhas perninhas e vejo a tia Safira puxar o tio Guto pela mão, atravessando o jardim e indo para a pista de dança. Eles dançam juntos e riem muito enquanto cantam a música a plenos pulmões. Eles são tão animados que queria poder estar lá dançando com eles, mas a vovó Sophia disse que não posso ainda. Noite passada, ouvi mamãe falar com o papai que a tia Safira e o tio Guto estão juntos há meses, e cada vez mais apaixonados. Papai acha que o tio Guto fará *o pedido* no Natal. Não entendi bem que pedido era, mas mamãe começou a chorar, como sempre faz, desde que eu apareci. Espero que tenha sido um choro de alegria, como o de hoje pela manhã quando ela se trancou no banheiro com vários palitinhos e ficou encarando-os atentamente até que sinais começaram a aparecer em cada um, e ela começou a chorar e a sorrir ao mesmo tempo. Eu não entendi nada. Os adultos são meio estranhos, né?

Ela caminha pelo jardim, cumprimentando um e outro enquanto faz carinho na minha cabecinha. É bom. Mas gosto ainda mais quando o papai a abraça forte e eu fico no meio dos dois. Mamãe para de repente. Ela olha ao redor do jardim e vê o papai. Ele está usando o que a mamãe disse ser um terno, com uma gravata azul. Ele atravessa o gramado enquanto sorri para ela. Ao parar na nossa frente, segura a mão da mamãe, dá um beijo nos dedos dela e murmura *eu te amo* em seu ouvido. Mamãe reafirma seu amor, e ele a leva para a pista de dança. Ele a abraça, e nós três dançamos juntos uma música que fala sobre saudade. Papai a aperta um pouco mais em seus braços, e ela murmura no seu ouvido que tem um presente especial para ele e que vai lhe dar antes da lua de mel. Achei que essa lua de mel era algo de comer, já que adoro quando ela come mel ou qualquer coisa doce, mas a vovó explicou que era um lugar onde eles iriam passear e iniciar a vida de casados antes da minha chegada, o que parece ser bem legal.

Hoje à noite, papai vai saber que estou chegando. Tudo bem, vai levar sete meses ainda, mas estou muito animado. Vai ser muito divertido poder correr por aí, brincar e aprender tanta coisa com essa família, ainda que eu vá sentir saudades da vovó Sophia, que não vai poder me acompanhar. Mas ela me prometeu que estará sempre ao meu lado, mesmo que eu não possa vê-la.

Papai beija a mamãe enquanto se balançam na pista de dança. Os dois estão felizes. Assim como eu. Não sei explicar como isso aconteceu, mas já os amo com todo meu coração... ainda que ele seja pequenininho e só tenha dois meses de vida. Mas esse coração vai crescer, e meu amor por eles também. Assim como o deles por mim. Meus olhinhos vão se fechando lentamente com o balanço da barriga da mamãe. Coloco um dedinho na boca, e a última coisa de que me lembro de ver, antes de pegar no sono, é o papai se inclinar na direção dela, beijá-la e murmurar em seu ouvido:

— Sou o homem mais feliz do mundo.

Mamãe ri e murmura de volta.

— Ainda não é totalmente. Mas vai ser. Hoje à noite. Eu prometo.

* * *

ALEX

A casa está às escuras, exceto pela luz que vem da cozinha. Deixo os livros que trouxe da livraria sobre a bancada da sala de estar e sigo em direção à luz. Paro no corredor em frente à porta. Jade está na cozinha, quebrando os ovos para a massa do bolo que tenho certeza de que é o *Doce reencontro*, o bolo que fez especialmente para mim. Ela o assa em ocasiões especiais, como no nosso casamento, no nascimento do João Pedro, meu aniversário... nosso aniversário.

Ela canta uma música infantil, acompanhada do balbuciar animado do bebê de 15 meses sentado no cadeirão. Ele está aprendendo a falar suas primeiras palavras. Olho para os dois amores da minha vida e não consigo conter o sorriso. Com a tigela da massa de bolo na mão, ela vai até o bebê, brinca com ele — que dá uma gargalhada gostosa — e beija a sua cabecinha.

Jade volta para a bancada e começa a colocar os ingredientes na tigela: farinha, leite, açúcar, chocolate... Sei que a noite de hoje é especial. É hoje que ela vai me contar que está grávida de novo — algo que descobri há alguns dias, fazendo contas e sendo um marido observador. Ela está mais sensível que o normal, e, apesar de ainda amamentar o bebê, seus seios estão maiores. Bem maiores. Mas como todo homem esperto, vou fazer a minha melhor expressão de surpresa quando ela me contar para não estragar a comemoração do nosso dia especial.

Ela continua cantando, acompanhada do bebê, e eu me encosto no batente da porta da cozinha. Enquanto a vejo preparar a massa, eu me lembro de que ela sempre fala que a vida é como fazer um bolo: não basta escolher os ingredientes, bater e colocar para assar. É preciso critério para fazer as escolhas certas; paciência para aguardar que as suas escolhas se misturem; sabedoria para que ela asse pelo tempo exato, nem mais, nem menos; persistência para não desistir quando a massa queimar. Além disso, existem coisas que não são tangíveis, como amor e carinho, ingredientes essenciais para qualquer atividade que se faça na vida, inclusive assar bolos.

Pensar nisso me faz refletir que Jade tem toda razão. Nós dois precisamos deixar "nossa massa" descansar por cinco anos, até chegarmos no ponto em que estamos. Foi preciso abrir mão do que sentíamos para que pudéssemos crescer, amadurecer e fazer as escolhas que nos levaram para o caminho da felicidade. Talvez, se tivéssemos ficado juntos aos 18 anos, a nossa história fosse diferente. Éramos jovens e imaturos. Foi preciso cozinhar a saudade em fogo brando durante todo esse tempo até que estivéssemos realmente prontos para desfrutar desse amor.

Jade ergue os olhos e me vê. Os olhos verdes cintilam, e eu sorrio como sempre faço quando nosso olhar se encontra. Essa noite, vamos brindar à vida e ao nosso amor. Comemorar as bênçãos que recebemos, e nos preparar para receber mais um membro na nossa família. Tenho certeza de que dessa vez será uma garotinha de olhos verdes e cabelos negros como os da mãe.

Caminho pela cozinha, parando no cadeirão para pegar o bebê no colo. Quando me vê, ele não para de falar *papá*. Vou até ela, que nos observa sorrindo, e a beijo suavemente.

— Senti saudades — ela fala, e eu a puxo para mim.

— Não mais do que eu — respondo e a beijo novamente.

Ali, ao lado da minha família, me sinto completo. Verdadeiramente feliz. Sinto que a nossa vida é perfeita... quase tanto quanto o *Doce reencontro*, o bolo mais maravilhoso e mais significativo que Jade já fez.

BRITTAINY C. CHERRY

Tradução: Andréia Barboza

As cartas que ESCREVEMOS

CAPÍTULO 01

JAKE

— Você realmente deveria repensar essa viagem — Carol, minha agente, me atormentou ao telefone minutos depois que aterrissei em Kansas City, no Kansas, a duas horas de distância da minha cidade natal, Rust. — Pegue o próximo voo e volte a Los Angeles. Podemos dar uma olhada em alguns scripts que chegaram para você e discutir o comercial que...

— Já te disse que não vou fazer — eu a cortei. Nos últimos dois meses, Carol vinha insistindo para que eu gravasse uma série de comerciais de carros de luxo. Ela estava convencida de que eu seria o próximo Matthew McConaughey, mas em vez do slogan que ele costumava usar "Tudo bem, tudo bem, tudo bem", ela queria que eu falasse "Sim, sim. Sim!".

Era óbvio que minha agente e eu discordávamos de vez em quando.

— Certo, tudo bem. Falaremos sobre isso mais tarde — ela disse, resoluta. — Mas você tem certeza de que precisa ficar fora o fim de semana todo?

— Sim. O fim de semana todo — respondi de forma severa, pegando a mala da esteira de bagagens. — Talvez eu desligue o telefone. Só estou avisando para o caso de você tentar me ligar. Além disso, pode ser que não tenha sinal quando eu chegar à cidade, então é isso.

— Não! Juro que não vou ligar! — ela mentiu. Carol ligaria, mandaria mensagem e e-mail. Faria o que pudesse para entrar em contato comigo. — Isso é sério? Você vai para uma cidade fantasma, sem sinal de celular? Por favor, me diga que tem WiFi. Assim você, pelo menos, verifica minhas mensagens uma vez por dia.

— Talvez tenha um serviço não muito bom de internet na loja de pneus e café do Timmy Todd.

Carol gemeu.

— Espere um pouco, volte a fita. Pneus e Café?

— Metade da loja é uma cafeteria, a outra metade vende...

— Deixe-me adivinhar. Pneus?

Sorri para o tom desgostoso de Carol.

— Acertou em cheio.

— Não sei o que uma cidadezinha na área rural, como Rust, Kansas, poderia ter para te oferecer, Jake. Você é um ator em ascensão!

— Puxa, obrigado. — Eu ri.

— Só estou dizendo que este fim de semana pode ser aquele que vai te tirar da lista dos atores secundários e te levar para a dos grandes. E seria uma vergonha se Jake Gyllenhaal ficasse com o papel em vez de você.

— Seria, mas, pelo menos, seu primeiro nome é bom.

— Sério. O que você vai fazer em Rust, Kansas? — Carol zombou, imitando um forte sotaque do Sul, que não era nem um pouco parecido com o do Kansas. — O que pode haver de tão importante que faça valer a pena perder a chance do estrelato?

Alcançando o bolso de trás da calça, peguei um convite que estava se desfazendo.

Ana Louise e Henry Scott
SOLICITAM O PRAZER DA SUA
PRESENÇA EM SEU CASAMENTO
10 de maio de 2017, às 17h — The Rustic Barn
Rust, Kansas
Jantar em seguida — juntamente com o Bourbon caseiro da Pa
E bolo de chocolate com cerejas da Mima.

— Você não acreditaria em mim se eu te contasse. Tenho que ir, mas te ligo assim que aterrissar em L.A.

— Tudo bem, se você realmente precisa. Certifique-se de parar nesse tal café para checar seu e-mail e, talvez, não sei, me traga um pneu de lembrança.

Eu ri.

— Vou ver o que posso fazer.

Depois de desligar, parei por um instante e olhei para o convite na minha mão uma última vez.

Ana Louise e Henry Scott
SOLICITAM O PRAZER DA SUA
PRESENÇA EM SEU CASAMENTO

Houve um tempo em que achei que seria o meu nome ao lado do dela naquele convite. Foi na época em que imaginei que o nosso amor nos levaria para aquele destino, onde eu estaria de pé no altar, vendo-a caminhar na minha direção.

Mas, se a vida me ensinou alguma coisa, é que, às vezes, os planos do nosso destino mudam sem aviso. O término do meu relacionamento com Ana era algo que eu sempre lamentaria.

E amanhã eu a veria dizer "aceito" a um homem que não era eu.

* * *

— Se isso não fosse quase impossível, acharia que meu neto estava entrando em casa — minha avó disse sorrindo, se balançando na cadeira com uma xícara de café nas mãos. — Venha até aqui para que eu possa vê-lo. — Ela colocou a xícara na mesa de canto e se levantou.

Sorri e caminhei para lhe dar um grande abraço.

— Oi, Mima. — Dei um beijo na sua bochecha, e ela me puxou para um abraço apertado. Havia três pessoas que davam os melhores abraços do mundo: uma era Mima, a outra era...

— Se isso não fosse quase impossível, acharia que meu filho estava na varanda — minha mãe disse, saindo pela porta da frente com as mãos no quadril. Um avental coberto de farinha descansava contra seu corpo. — Venha até aqui para que eu possa vê-lo.

Sorri com as semelhanças entre as duas. Não só os olhos tinham o mesmo tom de chocolate, mas seus lábios se abriam no mesmo sorriso largo e as falas, muitas vezes, eram idênticas.

— Senti saudade das minhas duas mulheres favoritas. Embora o sentimento de traição tenha sido maior quando li no convite que a Mima vai fazer seu famoso bolo de chocolate para a festa.

Mima sorriu com malícia.

— Faço bolos de chocolate para todos os casamentos que acontecem nesta cidade desde 1996. Não vou mudar uma tradição. E de qualquer forma, se me lembro bem, foi você quem terminou as coisas com a doce Ana. — Ela caminhou em minha direção e beliscou minhas bochechas. — O que é muito ruim, pois eu realmente gostava da garota. É melhor eu entrar para verificar os bolos antes que a sua mãe os queime.

Ela entrou, e mamãe fez uma careta. Semicerrei os olhos.

— Você nunca contou a Mima o que aconteceu? — perguntei, pensando no término entre Ana e eu.

— Não. Não achei que isso cabia a mim. Além disso, já faz muito tempo. Vocês eram duas crianças. Agora parece que está tudo bem. Você tem sua vida maravilhosa, e ela, a dela.

Assenti.

— Sim, sim, sim. — Argh. O novo slogan já estava fazendo sua aparição.

Minha mãe arqueou uma sobrancelha.

— Você superou isso, certo, Jake?

— O quê? É claro. Como você disse, éramos crianças. Foi há muito tempo.

— Tem certeza? Porque, se não tiver superado, posso intervir... — ela começou, e eu ri. Minha mãe estava sempre metendo o nariz na vida dos outros.

— Sério, mãe. Eu superei.

— Bom. — Ela me deu outro abraço apertado. — Então isso significa que você vai me perdoar por te colocar como meu acompanhante no jantar de ensaio hoje à noite.

— O quê? — indaguei, atordoado. — Mãe, por que você faria isso?

— Você sabe como são as pessoas dessa cidade. Todos são convidados para o jantar de ensaio de cada casamento. É uma tradição. Além disso, eles estão entusiasmados com a grande estrela de Hollywood. Diz que sim? Diz que vai comigo?

Seus olhos estavam repletos de esperança, e, depois de todos os feriados que perdi e desculpas que dei para evitar voltar para casa ao longo dos anos, eu não poderia enfrentar a ideia de decepcionar minha mãe de novo.

— Sim, sim, sim. Eu vou.

— Ah, ótimo! Mal posso esperar! É melhor você tirar essa... roupa de Hollywood. — Ela franziu o cenho. — Parece um pouco... abafado.

Olhei para minha roupa.

— É um blazer e calça.

— Jeans e camiseta ficará ainda melhor. Agora, me desculpe, preciso fazer um glacê de chocolate só para que sua avó o refaça e me mande ficar fora da cozinha.

Ela se afastou, e eu me virei, olhando para a cidade que chamava de lar. As coisas eram mais lentas ali. Nada era apressado, ao contrário de Los Angeles.

Uma parte de mim estava feliz por estar em casa.

No entanto, uma parte maior estava aterrorizada.

O que eu diria a ela à noite? O que ela diria para mim?

E como meu coração reagiria?

CAPÍTULO 02

JAKE

— Quem é que convidou o traidor?

Bem, essa não era exatamente a recepção que eu esperava, mas entendia. Bobby, o melhor amigo de Henry, estava na frente do Hank's Diner, onde o jantar de ensaio estava sendo realizado, com o grupo de amigos que o acompanhava desde o colégio. Eles costumavam ser meus amigos também. Bobby quase não havia mudado desde então. As únicas coisas diferentes eram a cabeça raspada e algumas tatuagens a mais.

— Não posso acreditar que você está aqui — vociferou outra pessoa. — O babaca esnobe de Hollywood.

— Achei que você tinha dito que todo mundo estava animado para me ver — sussurrei num tom duro para a minha mãe, que estava ao meu lado, sorrindo e parecendo culpada.

— Eu disse isso? — perguntou, inclinando a cabeça em minha direção. — Acho que me enganei.

— Se enganou? — resmunguei num sussurro, puxando-a para um canto do restaurante. — O que você quer dizer com isso?

— Bem... — Ela fechou os olhos e franziu o nariz. — Acontece que todos na cidade te desprezam por você ter magoado a garota mais doce de todos os tempos. A maior parte das pessoas pensa que você se vendeu e virou as costas para suas raízes. Daqui a pouco você estará fazendo comerciais de carro. — Ela riu.

Sim, sim, sim.

— Mãe. Se todo mundo me odeia, então por que estou aqui? Por que você me trouxe?

— Porque ela não está feliz.

Ah, meu Deus. Minha mãe estava metendo o nariz na vida dos outros. Algumas coisas nunca mudam.

— Tenho certeza de que ela está feliz. Mais cedo, você disse que ela estava!

— Não tanto como quando estava com você. Só disse isso para te fazer sentir melhor. Mas, quando perguntei sobre você ter superado e vi o canto da sua boca se contrair, soube que a resposta era não. Então isso é perfeito.

— Bem, éramos muito novos quando estávamos juntos, e não tínhamos responsabilidades ou contas a pagar.

— O que estou querendo dizer é que a forma como ela olhava para você em comparação com a que olha para ele... — Ela estremeceu. — De qualquer forma, jamais gostei desse Henry. Quando você e Ana estavam juntos, sempre o via olhando para ela com desejo. Detesto o fato de os dois terem acabado juntos. O charme dele é falso. Depois que você foi embora, ele a envolveu, como se fosse um cavaleiro de armadura brilhante.

— Ele não estava com a Amber quando eu fui embora? — Amber era o quarto elemento da nossa amizade. Nós quatro estávamos sempre juntos quando crianças, e, depois que comecei a namorar com a Ana, não demorou muito para que ela e Henry ficassem juntos também.

Ela assentiu.

— Ele terminou com ela logo depois que você se foi. Eles ainda trabalham juntos no correio, e, depois do término, a cidade toda começou a comentar sobre como aquilo devia ser difícil para Amber, mas acho que ela lidou bem com a situação. Ana e ela ainda são amigas. Na verdade, Amber é uma das damas de honra.

— Isso é estranho — falei.

— Sim. As pessoas de cidade pequena, muitas vezes, têm seu próprio conjunto de regras e costumes. — Minha mãe disse enquanto semicerrou os olhos e começou a mordiscar as unhas. Um hábito que tinha sempre que estava prestes a dizer algo ridículo. — Sabe, aposto que a Ana ainda sente algo por você.

— Mãe, pare de bancar a casamenteira. Você não pode dar uma de cupido para duas pessoas quando uma delas estará se casando em vinte e quatro horas.

— Posso, sim. Enquanto eles não disserem "sim" ainda há tempo. Você simplesmente não entende, Jake. Quando está com ele, Ana não se parece com ela mesma. Ela... — A angústia contorceu suas feições. — Bem, você vai ver, vamos lá. — Ela puxou meu braço, e eu me afastei, forçando-a a soltar minha mão.

— Não, mãe! Não vou ficar. Vou para a casa da Mima para ficar com ela enquanto termina os bolos. Depois vou arrumar minhas malas e voltar para Los Angeles.

— Tudo bem. Se você quer bancar o bebê, então vá! — Ela cutucou meu braço. — Mas só depois que pegar um coquetel de vodca com limão daqueles que a Mary Sue está servindo no bar.

Tentei discutir, mas ela me beliscou de leve, me avisando para não desrespeitar minha própria mãe. Então eu fui.

Quando estava na fila para pegar a bebida, ouvi as pessoas sussurrando a meu respeito como se eu não pudesse ouvi-las. Fiz o melhor que podia para manter a cabeça erguida em uma sala repleta de pessoas do meu passado.

Não via a hora de pegar o voo de volta para casa.

— Jacob Thompson, que surpresa — disse uma voz atrás de mim enquanto eu pegava três coquetéis, dois para mim e um para a minha mãe.

Eu me virei e vi Amber ali, de pé, olhando para mim com um sorriso enorme. Me aproximei para abraçá-la, mas me atrapalhei com os três copos que estava segurando. Derrubei os dois primeiros e, então, para compensar, bebi o da minha mãe. Ficar bêbado parecia ser a melhor solução para aquela noite. Quando fui jogar os copos na lata de lixo, um homem veio correndo.

— Cara! Deixa que eu jogo isso para você.

Sorri.

— Obrigado.

— Por nada, irmão. Cara! Não posso acreditar que já faz tanto tempo que nos vimos!

Semicerrei os olhos.

— Me desculpe... eu conheço você?

Ele riu alto. Desconfortavelmente alto.

— Seu piadista. Sou eu! Eric!

Eric?

Meu olhar inexpressivo era óbvio, então ele continuou.

— Eric Hales? Eu era calouro quando você era veterano? Costumávamos sair juntos o tempo todo, cara.

— Me desculpe, mas eu não...

Ele me cortou, mudando de assunto.

— Um astro de Hollywood, hein?! — Ele estava eufórico, seus olhos brilhavam. Me deu uns tapinhas com força nas costas e levantou o telefone.

— Snapchat! — Antes que eu tivesse chance de esboçar alguma reação, ele estava tirando fotos de nós. Então começou a gravar um vídeo. — Ora, ora, ora, aqui é o seu amigão, Eric Hales, de Rust, Kansas, com o meu melhor amigo, Jake Thompson! Diga olá, irmão!

Fiquei olhando sem expressão.

— Obrigado, irmão — ele disse, batendo nas minhas costas uma última vez antes de se afastar com meus três copos ainda na mão.

Amber recuou um pouco, rindo de toda a interação.

— O constrangimento de ser uma pessoa famosa em uma cidade pequena — ela brincou.

— Oi, estranha — falei, estendendo os braços para lhe dar um abraço. Ela me abraçou forte e quando se afastou, ainda tinha um grande sorriso no rosto.

— É tão bom te ver — ela disse.

— Sério? Porque parece que todos na cidade discordam.

— Exceto Eric Hales. — Ela sorriu.

— Exceto Eric Hales — concordei.

— Você sabe que é provável que ele venda aqueles três copos na internet, né? E deve vender aquelas fotos também.

Semicerrei os olhos.

— Sério?

— Ele vem falando sobre isso há muito tempo. Estava esperando pelo dia em que você voltaria à cidade para que pudesse te encontrar e ganhar dinheiro com a TMZ.

— Ah, como amo o ser humano — brinquei, enfiando as mãos nos bolsos. — Então, Henry e Ana, hein?

Amber fez careta por uma fração de segundos antes de me dar um sorriso radiante.

— As coisas mudaram quando você foi embora.

— Nós éramos tão próximos. Você e Henry também. Sempre achei que vocês ficariam juntos para sempre.

Ela riu e assentiu, me cutucando no braço.

— Pensei o mesmo sobre você e a Ana. Então, do nada, você desapareceu e partiu o coração dela.

Dei um sorriso tenso.

— É engraçado como a vida muda, né?

— Sim. É uma caminhada e tanto, com certeza. Escute, tenho que pegar uns drinques para uns amigos, mas espero que consiga sair dessa cidade com vida este fim de semana, Jake. Essas pessoas estão prontas para te atacar de todos os lados.

Eu ri.

— Na verdade, provavelmente vou para casa amanhã. — Casa. Engraçado como o lugar onde eu estava costumava ser minha casa.

— Ah, é? Já?

— Sim. Não fazia ideia de que a maior parte da cidade me odiava.

Ela sorriu.

— Isso é porque a sua mãe é uma fofa e quer que o filho volte com a futura noiva. Mas, se você vai embora, te desejo tudo de bom. Quem sabe, talvez, eu te veja daqui uns cinco ou dez anos.

Nos despedimos, e, quando me afastei, olhando para a frente, meu peito se apertou.

— Jake.

Sua respiração superficial e os olhos castanhos se arregalaram, confusos.

— Ana — respondi, engolindo em seco. — Oi.

Ela estava usando um vestido branco com saia feita de tule e papel higiênico. Algo que as pessoas da cidade sempre faziam para as noivas na véspera do casamento. Seu cabelo preto estava enrolado e caía sobre os ombros; os lábios ainda estavam tão cheios e bonitos quanto eu me lembrava. Me perguntei se tinham o mesmo sabor também. De brilho labial de morango com uma pitada de eternidade. Eu não conseguia parar de olhar para aqueles lábios...

— Oi — ela sussurrou. — O que você está... — Suas palavras desapareceram, e ela inclinou a cabeça, olhando para mim da mesma forma que olhei para ela. Quase sem acreditar que tínhamos, de alguma forma, entrado novamente no caminho um do outro.

Do nada, minha mãe caminhou em minha direção, cutucou a lateral do meu corpo e falou baixinho, só para que eu ouvisse.

— Te falei. Ela não olha para ele desse jeito. — Sem mais uma palavra, ela foi embora, nos deixando parados, olhando um para o outro.

Abrimos a boca para falar, e as palavras saíram ao mesmo tempo.

— Como você está? — perguntamos.

Rimos juntos também, nervosos e desajeitados, quase como um só.

Acenei com a mão em sua direção.

— Você está maravilhosa. Belo vestido de papel higiênico.

— Obrigada. É ótimo para o banheiro, pois não preciso pedir para a pessoa ao lado que guarde um pedaço para mim. — Ela sorriu e fez uma reverência. Meu coração quase explodiu, mas eu o segurei.

— Espero que você não derrame nada nele, nem se sente em algo marrom.

— Com certeza. Isso seria uma situação péssima.

— Uma verdadeira situação de merda.

Sorrimos juntos. Dessa vez, foi menos desajeitado e mais parecido com o nosso normal.

Nosso normal.

Eu me perguntava se isso ainda existia.

Ela caminhou até mim, envolveu os braços ao meu redor, e eu a abracei sem qualquer hesitação. Lá estava — a terceira pessoa que dava os melhores abraços do mundo.

— Parabéns, Ana.

— Obrigada, Jake. — Ela inspirou profundamente e exalou. — É realmente espantoso te ver. — Senti falta do seu toque assim que nos separamos. — Não sabia que você viria esta noite. É como se você tivesse entrado na cova de um leão.

— Sim, eu realmente não sabia que era o homem mais odiado da cidade.

Ela assentiu.

— Ainda mais odiado que o velho Paul.

Balancei as mãos em desespero.

— Mas ele atirou no Sr. Frank!

— Depois que dois jovens babacas vestiram o Sr. Frank de fantasma e assustaram o velho Paul. Um desses malandros jurando que ele não reagiria mal.

Eu ri.

— Para ser justo, eu tinha 11 anos e não sabia que ele tinha uma arma.

— Sim, o Sr. Frank ainda sibila sempre que cruza o meu caminho — disse ela, falando sobre o gato da cidade.

— Ele ainda está vivo?!

— Com três patas e tudo. Ou ele é um fantasma, o que seria bem divertido.

— Então, você e Henry, hein?

Ela assentiu.

— Eu e o Henry. Realmente foi surpreendente. Depois que você foi embora, ele sempre esteve por perto se certificando de que eu estava bem. Só alguns anos depois é que o considerei dessa forma. Amber e ele tiveram um relacionamento longo, e ela era uma amiga tão próxima, então não podia me envolver. Só depois que ela me incentivou é que pensei a respeito. Henry sempre achou que um dia terminaríamos juntos.

— E aqui estão vocês, prestes a se casar — falei, soando feliz, mas muito triste na verdade.

— Sim. Esse é o plano no fim das contas.

— O que o Henry está fazendo? Ouvi dizer que ele ainda está na agência dos correios. — A família de Henry era dona da agência postal da cidade, e ele trabalhava lá desde os 16 anos.

— Sim. É ele quem ainda separa todas as cartas que entram e saem da cidade. Seu pai planeja passar os negócios para ele em alguns anos, o que é muito legal.

— Impressionante. E minha mãe me disse que você está dando aulas.

Ela assentiu.

— Primeira série. As crianças são meus anjos e demônios de uma só vez. E quanto a você, Sr. Astro de Cinema? — Ela me deu um tapinha no braço. — Sei que não significa muito, mas essa garota da cidade pequena está orgulhosa de você.

Passei o polegar contra meu lábio inferior e ri.

— Se você soubesse o quanto essas palavras significam para mim.

Seus olhos encararam o chão, e, quando ela me olhou de volta, confusão se refletia em seu olhar.

— Jake... O que você está fazendo aqui?

— Não sei. Minha mãe me disse que fui convidado e...

— Não. Quero dizer, o que você está fazendo em Rust?

Meu peito afundou, e me dei conta da situação. O convite foi feito por educação. Ela não esperava que eu fosse ao casamento.

— Eu... — hesitei, sentindo o suor escorrer pela minha nuca. — Quando confirmei presença...

— Você confirmou presença?

Arqueei uma sobrancelha.

— Sim, sim, sim. Sabe... com a carta anexada. — Fiz uma careta. — A carta foi um exagero? Ela te aborreceu...?

— Carta? — ela perguntou, surpresa. — Que carta?

— Querida, meu pai quer fazer o discurso — Henry falou, vindo em nossa direção, mas pausou no momento que me viu. Seus olhos se estreitaram, e ele se aproximou. — O que você está fazendo aqui?

Seu tom era frio, como os olhares de todos os outros que se voltaram para a minha direção naquela noite.

— Henry, por favor — Ana falou, com a voz repleta de irritação. — Não seja grosseiro.

— Grosseiro? — Ele riu em tom de desaprovação. — Não sou nem um pouco rude se comparado a esse cara. Quero dizer, sério, o que te fez pensar que você podia entrar aqui sem ser convidado?

— Honestamente, eu não sabia. Minha mãe disse que fui convidado, e eu não... — Fiz uma pausa e respirei fundo. Houve uma época em que Henry era um dos meus amigos mais próximos. Costumávamos fazer quase tudo juntos, e, ao longo do tempo, imaginei que era apenas o tempo e a distância que ficavam entre nós. A realidade da situação era que ele tinha se apaixonado pela garota que já foi minha. No entanto, eu não poderia culpá-lo. Ana era o sonho de todo homem. — Estou indo embora.

— Não, você não precisa... — Ana começou.

— Sim, provavelmente é uma boa ideia — Henry a interrompeu.

— Sim, sim, sim. Foi bom ver vocês. Parabéns novamente. — Abri um sorrisinho para os dois e os parabenizei mais uma vez pelo casamento. Quando me virei, ouvi a voz de Ana de novo.

— Você não precisa ser tão malvado.

— Ele te deixou quando você mais precisou dele, Ana. Essa escória não merece um minuto do seu tempo. Por mim, ele pode voltar para Hollywood.

Suas palavras me incomodaram mais do que eu jamais deixaria transparecer, mas continuei andando até sair de lá. Minha mãe precisaria do carro para voltar para casa, então comecei a andar pela estrada. Eu ficaria nessa cidadezinha, onde não era bem-vindo, pelos próximos três dias. Passar meu tempo andando por aí era a única maneira de manter a sanidade.

CAPÍTULO 03

ANA

Houve apenas alguns momentos na vida em que eu realmente questionei minhas escolhas. Uma vez, quando achei que cortar o cabelo estilo joãozinho ficaria bem em mim — não ficou. Outra vez, resolvi comer só coisas saudáveis e parar de tomar sorvete por um ano, isso durou dezoito minutos. E o momento principal foi quando vi Jake sair da minha vida depois de me dizer que queria que eu fosse sua esposa.

Mas anos se passaram e não pensei muito sobre isso desde então. Éramos jovens e estávamos lidando com questões que a maioria das crianças não teve que enfrentar. Fiz uma escolha com base no que achei ser melhor para a vida dele e para nós. Ele seguiu em frente, eu também, e quase nunca olhava para trás.

Até aquele momento.

Naquela noite, depois do ensaio, fiz o contrário do que tinha planejado: voltei ao meu apartamento com Henry para conversar — o que foi uma péssima ideia. Não demorou muito para que eu ligasse para Quinn, minha dama de honra, e implorasse para que ela viesse me buscar, mas era tarde demais a fim de parar a briga entre Henry e eu, e que não tinha nenhuma razão real para existir.

O dia de amanhã estava destinado a ser o mais feliz da nossa vida, portanto, não havia motivo para aquela noite ser a pior.

— Por que você não me disse que ele escreveu uma carta? — perguntei, confusa por Henry me esconder coisas. Especialmente algo como isso.

— Você pode me culpar, Ana? Eu não queria que você perdesse a cabeça por algumas palavras de alguém do seu passado.

— Nosso passado, Henry. Ele era seu amigo também.

— É mesmo? Porque nenhum amigo meu escolheria a carreira em vez de ficar com a namorada enquanto ela passava por quimioterapia.

Engoli em seco.

— O quê?

— Ouça, eu entendi, é algo de que você não gosta de falar, mas, Ana, esse cara te deixou depois de descobrir que você estava com câncer só porque conseguiu um papel na droga de um filme. Ele nunca mais voltou para te visitar ou para ver como você estava. Ele sequer se certificou de que você estava bem.

Minha cabeça girou. Onde Henry ouviu essa história? Como foi que o boato sobre o que Jake fez havia circulado por aí? E como eu nunca ouvi falar disso antes?

— Henry. Deixe-me ver a carta.

— Somos felizes, Ana? — ele perguntou, provocando uma reviravolta.

Caminhei pela sala.

— Que tipo de pergunta é essa? Claro que somos felizes.

Ele se aproximou de mim, suas mãos descansaram ao redor da minha cintura, e ele sussurrou em minha orelha, os lábios me tocando.

— Você me ama? — ele perguntou.

— Amo — respondi e apoiei a cabeça em seu ombro enquanto ele me puxava para mais perto do seu corpo.

— Eu sei — ele assentiu, a voz falhando um pouco. — Mas você está apaixonada por mim?

Me afastei do calor do seu corpo e estreitei os olhos.

— O você quer dizer com isso? — Meu peito se apertou quando meu coração começou a bater contra a caixa torácica. Uma onda de medo percorreu minhas veias. — O que isso significa? Por que você está sendo tão enigmático?

Ele me soltou e andou pelo nosso pequeno apartamento, batendo com a canela na mesa de canto.

— Meu Deus! Isso dói — ele gemeu, esfregando a perna. — Este lugar é muito pequeno.

Antes de ser muito pequeno, era peculiar e divertido.

Mas o tempo mudava essas coisas.

Me mudei para o apartamento dele há nove meses e descobri que não importava o quão amoroso e fofo fosse um casal quando começam a viver juntos, esse charme desaparece ao longo do tempo. As paredes pareciam se aproximar a cada dia mais, e, às vezes, eu jurava que não conseguia nem respirar. Mas não importava, porque eu amava Henry. O espaço pequeno era um problema, mas não um problema eterno. Estávamos determinados a encontrar uma casa nova depois do casamento...

Depois de amanhã.

Depois do eu aceito.

— O que isso significa? — perguntei novamente, minha voz falhando dessa vez. As lágrimas queimavam no fundo dos meus olhos, mas eu não ousaria deixá-las cair. Éramos felizes. Henry sabia que sim, e eu também. Ele estava nervoso, e isso acontecia com todo mundo.

...Certo?

Ele passou a mão pelo cabelo loiro bagunçado e gemeu.

— Não sei, Ana. Você parece tão chateada pela droga de uma carta que é como se ainda tivesse sentimentos pelo cara.

— Henry. Isso é ridículo.

— Veja bem, sei disso. Sei que é ridículo. Ele te deixou mesmo sabendo da possibilidade de você morrer. Como você poderia amá-lo? Mas a minha cabeça não para de pensar...

— Bem, não deixe que isso te aborreça. — Corri para ele e segurei suas mãos. — Você está cansado.

Ele assentiu.

— Estou.

— Acabamos de passar cinco horas em uma igreja, repassando detalhe por detalhe do nosso casamento com nossos amigos e familiares. Em cerca de dez horas, estaremos nos casando. Então talvez devêssemos dormir um pouco. Quinn estará aqui em pouco tempo, e você vai para a casa do Bobby e...

— Você guardou todas elas! — Henry exclamou, me fazendo parar meu discurso.

— O quê?

Ele falou suavemente.

— Você guardou as cartas dele dentro de uma caixa de sapatos naquela caixa que ainda não desempacotou. Cartas de quando vocês dois ainda estavam namorando. Flores secas de bailes e festas da escola.

— Você mexeu na minha caixa?

— Não importa, Ana.

Importava.

— Por que você não me perguntou sobre as cartas? Por que você não...

— Eu te vi com elas no outro dia. Fui tomar um banho e esqueci a toalha na secadora. Quando fui buscar, vi você no quarto, sentada no chão, lendo as cartas.

— Henry...

— Você estava chorando.

— Não é isso. É só... — Suspirei, sem saber o que dizer. Talvez abrir aquela caixa fosse algum tipo de fechamento para mim. Talvez olhar para o meu passado e deixá-lo para trás fosse uma maneira de seguir para o meu futuro com Henry. Ele tinha me visto lendo as cartas; o que ele não viu foi que eu destruí todas depois que ele entrou no chuveiro.

Antes que eu pudesse tentar entender, a campainha tocou, e Bobby apareceu sem esperar um convite.

— Vamos fazer desta última noite de liberdade uma noite de bebedeira e escapada, meu... — Bobby parou de falar no momento que seus olhos encontraram os meus. Ele escondeu a garrafa de Jack Daniels nas costas. — Ah, oi, Ana. Não sabia que você ainda estaria aqui.

Ergui uma sobrancelha enquanto Henry foi pegar a mochila que arrumou para ficar na casa do Bobby.

— Sério? Se embebedando um dia antes do nosso casamento?

— O quê?! Nós?! Nunca. — Bobby me lançou um sorriso que era tudo menos inocente. Se qualquer outra pessoa tivesse falado aquilo, talvez eu acreditasse, mas vindo do Bobby festeiro, eu sabia o que aconteceria.

Os olhos de Henry ainda estavam pesados, e estava claro que a nossa conversa não tinha acabado, mas ele seguiu em direção à porta para ir embora.

— Bobby, o Henry pode te encontrar lá embaixo? Só precisamos de um minuto.

Bobby arqueou uma sobrancelha e deu um tapinha nas costas de Henry.

— Uma rapidinha antes do casamento? Entendi. É lamentável que você vá demorar só um minuto para fazer o trabalho, amigo. Posso lhe dar algumas dicas e ensinar uns truques para ajudar a corrigir esse problema — ele brincou.

Henry empurrou Bobby de brincadeira e o mandou para o inferno, dizendo que o encontraria lá embaixo. Assim que Bobby saiu, toda a alegria desapareceu.

— Você está chateado... — Suspirei.

— Por que ele foi convidado? — Henry perguntou, cerrando os dentes. — Só não entendo como ou por que ele conseguiu um convite para o nosso casamento.

— Ele é um...

— Amigo da família? Por favor, não me diga que você está prestes a chamá-lo de amigo da família, Ana. Jesus! Não me diga que você é tão ingênua — ele gritou, me fazendo recuar. Ele gritou comigo. Não conseguia me lembrar da última vez que Henry gritou, especialmente comigo. — Ele não se importou com você, e agora, de repente, você acha que ele se importa?

— Não grite comigo, Henry — sussurrei, abalada.

Ele deu um passo para trás, vendo o medo em meus olhos. Sua voz diminuiu de tom, e ele esfregou a nuca.

— Sinto muito.

Não respondi, meus olhos focando em um ponto no chão.

Ele deu alguns passos na minha direção, colocou um dedo embaixo do meu queixo e levantou minha cabeça. Nossos olhos se encontraram, e ele colocou a testa contra a minha.

— Sinto muito, Ana. Só estou cansado. E nervoso. E estou morrendo de ciúme pela forma como esse idiota pode te fazer sorrir depois de ter sumido por tantos anos.

— Ele era o meu melhor amigo — falei, baixinho. — Era o seu melhor amigo, também.

— Era — afirmou. — No passado. Agora temos um ao outro, ok? E agora é hora de eu ir embora antes que faça você me odiar mais do que nunca. — Ele beijou minha testa, e, então, seus lábios se demoraram contra os meus. — Você ainda vai se casar comigo amanhã, certo?

Abri um sorrisinho para ele.

— Esse é o plano.

— Bom. — Ele me beijou uma última vez. — Porque esse é o meu plano também. Eu amo...

— Você — terminei.

Quando ele saiu do apartamento, respirei fundo e liguei para a minha melhor amiga.

— Ei, Quinn? Sei que você ia me pegar em casa, mas não se preocupe. Vou te encontrar aí. Mas talvez eu me atrase um pouco.

— Se atrase? Ok. Por quê? Onde você vai?

Me arrastei pelo apartamento, peguei minhas chaves e fiquei na frente de um espelho, penteando os cabelos com os dedos.

— Dar adeus ao meu passado.

CAPÍTULO 04

ANA

— Por que todo mundo te odeia?

Minha pergunta foi simples e direta quando cheguei à casa da Mima. Jake estava sentado na cadeira dela, olhando para mim, confuso. Era quase meia-noite, e eu ainda estava usando meu vestido de tule e papel higiênico. Meus olhos demonstravam confusão, e meus braços estavam cruzados com firmeza contra o corpo.

Ele se levantou e riu.

— O quê? Todo mundo me odeia? — zombou. — Não notei.

Me aproximei, fazendo cara feia.

— Sério, Jake. Por que o Henry disse que você terminou comigo? Por que todo mundo acha que você me abandonou quando nós dois sabemos que não foi o que aconteceu?

Ele enfiou as mãos nos bolsos do jeans, e, dentro de segundos, estávamos de frente um para o outro, nos encarando. Minha respiração ficou ofegante. Seus olhos ainda eram tão gentis e amáveis quanto eu lembrava. Aquilo estava acontecendo com ele também? Será que seu coração começou a bater descompassado assim como o meu?

— Você já estava passando por muita coisa — ele me disse.

— Eu parti seu coração.

— Ele era seu para fazer o que quisesse.

— Jake... — comecei, mas ele balançou a cabeça.

— Ana. Você tinha 17 anos e passou por uma quimioterapia. Você já estava lidando com tantos problemas que eu não queria que a cidade pensasse que foi você quem terminou comigo. Eles teriam te confundido com perguntas. Teria sido demais para você.

— Por que você não os corrigiu hoje? — perguntei.

— Porque amanhã é o dia mais feliz da sua vida. Além disso, o que aconteceu entre nós ficou no passado. Está tudo bem.

Pensei naquele dia. No dia em que eu disse a Jake que não o amava mais. No dia em que ele me deu um anel de noivado e eu o devolvi. O dia em que eu disse a ele para aceitar o trabalho em Hollywood em vez de ficar em Rust para cuidar de mim e da minha saúde frágil.

Eu nunca me esqueceria da dor que refletiu em seus olhos quando ele saiu do meu quarto naquela noite. Jamais deixaria de me lembrar de como parti seu coração em um milhão de pedaços antes que ele fosse embora para correr atrás dos seus sonhos.

E, ainda assim, ele me protegeu. Foi embora da cidade deixando que todos achassem que ele era o culpado na nossa história de amor. Ele partiu deixando que todos o odiassem por virar as costas para a namoradinha da cidade, que passava por um tratamento contra o câncer.

— Eu não queria que você abrisse mão da sua vida por mim. Sua chance de sucesso. Jake, eu... — Minhas palavras desapareceram, e algumas lágrimas caíram dos meus olhos. Ele as secou com o polegar e se aproximou. A sensação do seu dedo contra minha pele me obrigou a fechar os olhos.

— Eu sei por que você me mandou embora, Ana.

— Mas, ainda assim, te devo um pedido de desculpas.

— Não. Você não precisa se desculpar comigo. Nunca tive que perdoá-la, porque nunca te culpei.

Mordisquei o lábio inferior.

— Mas você está feliz?

— Com a vida? — perguntou. Assenti. Ele sorriu mais. — Sim, sim, sim. Estou bem. As coisas estão bem. Você está feliz?

Eu não deveria ter hesitado, mas houve um instante de silêncio. De tristeza. De arrependimento.

Mas então Henry surgiu em meus pensamentos. Nossa vida, nossas risadas, nosso amor.

— Sim, estou.

— Bom — ele disse. — Se alguém merece uma vida feliz, é você.

O instante voltou. De silêncio. De tristeza. De arrependimento.

Jake surgiu em meus pensamentos. Nossa vida, nossas risadas, nosso amor.

— Por que você está chorando? — ele perguntou, seus dedos enxugando mais lágrimas dos meus olhos.

Me afastei e dei de ombros.

— Acho que estou lidando com o tal nervosismo pré-casamento. Ri baixinho.

— Ele é um cara de sorte.

— Eu sou uma garota de sorte.

Jake sorriu. Seu sorriso me fez sorrir também.

— Mas, se ele te magoar...

Eu ri.

— A cidade inteira vai matá-lo.

— E eu estarei lá, esperando.

Ele sussurrou as palavras tão baixo que eu não tinha certeza se havia imaginado ou não. Meus olhos encaravam seus lábios enquanto minha cabeça inclinava para a esquerda, aturdida e confusa. Assustada, mas estranhamente esperançosa. Mas, principalmente, eu sentia culpa. Culpa pela esperança que suas palavras me trouxeram.

Não sabia mais o que dizer enquanto ficamos em silêncio. Não sabia nem mesmo por que tinha ido até a sua casa, usando um vestido feito de papel higiênico. Eu não sabia o motivo pelo qual meu coração não me deixava ir embora.

Eu me odiava. Me odiava porque uma grande parte de mim queria descansar a cabeça no peito de Jake e relembrar os sons dos seus batimentos cardíacos. Queria contar suas inspirações e ver suas expirações enquanto ele me abraçava.

Amanhã seria o dia mais feliz da minha vida.

Era o dia em que eu diria *aceito* para um homem que não era ele.

Amanhã começava o meu "felizes para sempre".

Mas eu estava tendo dificuldades em abrir mão daquele momentinho de felicidade.

— Caminha comigo? — perguntei.

Ele abriu um sorrisinho para mim e deu de ombros.

— Sempre — respondeu.

Se o céu fosse um garoto, seria Jake Thompson.

Caminhamos pelos arredores, permanecendo distantes e sem falar muito no início. Suas mãos estavam nos bolsos, e as minhas, envolviam o meu corpo. Mas, ainda assim, senti seu calor.

Na quarta volta, começamos a relaxar mais, rindo das nossas lembranças, brincando a respeito da sua carreira e minha vida na cidade pequena.

— Joe realmente comeu cinquenta cachorros quentes em trinta minutos? — Jake perguntou, atordoado.

— Cinquenta e quatro, para ser exata. E juro que ficou desmaiado por uns cinco minutos depois. Quando voltou a si, ele perguntou se a mesa de sobremesa já havia sido posta e pronta para ser atacada.

Ri, pensando na feira da cidade.

— Já pensou em ir embora de Rust? — ele perguntou.

Dei de ombros e passei as mãos pelo cabelo.

— Sabe, acho que isso passa pela cabeça de todos. A vida em uma cidade pequena é confortável e segura. Mas, às vezes, penso em como seria deixar a vida aqui e partir. Explorar. Ver mais coisas.

— Posso te garantir que não é tudo isso que as pessoas pensam.

— O quê? — Sorri. — Quer dizer que Hollywood não é tão incrível quanto você faz parecer em suas entrevistas?

Ele me deu um olhar malicioso.

— Você assistiu à minhas entrevistas?

— Ah, quando estou zapeando pelos canais e você aparece, sim.

— Assistiu algum dos meus filmes?

— Não — respondi, rapidamente. — E por "não", quero dizer sim. Todos eles. — Mordisquei meu lábio inferior. — Seria estranho dizer que sou sua maior fã?

A covinha em sua bochecha esquerda se aprofundou.

— Ah, você vai me fazer corar, Ana.

— Então as coisas não são tão boas quanto parecem? A vida na cidade grande?

— É diferente, só isso.

— Como assim?

— Bem. — Ele enfiou a mão no bolso de trás e pegou o celular. — Você consegue sinal de celular em qualquer canto de Los Angeles.

Eu ri.

— Agora, se ficar perto da agência dos correios, na esquina da Riley Avenue, e se inclinar para a esquerda, consegue.

Ele riu e assentiu.

— Que progresso. Não sei, há muito o que se fazer em L.A. Vários lugares para conhecer e comidas para experimentar, pessoas novas para ser apresentado. Mas acho que o que falta é a constância. Nada dura para sempre. As coisas mudam muito rápido também. Às vezes, sinto falta da calmaria desta cidade. Os mesmos rostos amigáveis, o mesmo drama bobo. Os dois mundos têm seus prós e contras.

— Pelo menos você conseguiu ver os dois lados da moeda. Eu adoraria ver um pouco mais do mundo — confessei, enquanto caminhávamos até o parque na esquina da Harper Avenue com a Knight Road.

— Sim, sim, sim — ele respondeu.

Eu ri.

— Qual seu problema com isso?

— Isso o quê?

— Sim, sim, sim. Você não para de dizer isso!

Ele riu e esfregou a têmpora.

— Eu? Droga. Minha agente está convencida de que deve ser meu slogan ou algo assim, e acho que acabou pegando.

— Tipo o *tudo bem, tudo bem, tudo bem?* O que ela quer? Que você seja o próximo Matthew McConaughey?

Ele assentiu.

— Esse é o plano. Um plano horrível, mas um plano.

— Quando menos esperar, você estará fazendo propaganda de automóveis.

Ele fez uma careta e revirou os olhos.

— Por favor, nunca diga isso à minha agente... ela ficaria encantada.

Sorri, olhando para a plataforma do carrossel no parque.

Jake olhou para cima a fim de ver o que eu estava olhando, e um sorriso apareceu em seus lábios.

— Você se lembra?

Assenti.

— Foi o nosso primeiro encontro, meu décimo quinto aniversário. Você me trouxe aqui depois de me levar ao cinema e de me oferecer um bolo que Mima fez para mim. Eu subi no carrossel, e você girou comigo nele o tempo todo. — Fui até lá e pulei na plataforma. Jake segurou os postes de metal, e o brinquedo começou a girar. Ele girou devagar, e eu fechei os olhos, sentindo a brisa da noite beijar a minha pele. — E você fez o brinquedo virar cada vez mais rápido, e meu coração acelerou. Me lembro de estar muito feliz. Implorei para você diminuir a velocidade, mas você não diminuiu — falei alto.

— Você fechou os olhos — ele disse, girando mais rápido.

— Sim. E então, quando achei que estava indo rápido demais, você parou de girar e...

— Subi na plataforma — ele terminou minha frase, saltando para o carrossel e ficando de pé na minha frente.

Ficamos girando, os olhos fechados, nossos corpos pressionados um contra o outro e as respirações pesadas. Seu coração estava acelerado como o meu? Ele estava nervoso também?

Seus olhos encararam meus lábios, os meus olharam para os dele, e, quando o carrossel começou a parar, meus batimentos cardíacos aceleraram.

— Jake — sussurrei, minha voz trêmula.

— E então eu te beijei — ele falou suavemente.

— Você me beijou — respondi. — E eu te beijei de volta.

— E você me beijou. — Nossas respirações estavam lentas e desiguais. Quando ele expirava, eu inspirava. Quando soltei meu ar, ele encontrou seu próximo fôlego.

— Jake?

— Sim?

— Não me beije.

— Não vou te beijar.

Meu coração ainda batia acelerado contra o peito. Ele colocou uma mecha de cabelo que se soltou atrás da minha orelha e se inclinou para mais perto, os lábios pairando sobre os meus.

— Não vou te beijar, Ana. Mas estou pensando nisso. Estou pensando muito em te beijar agora, então, diga algo que me faça mudar de ideia. Diga algo para fazer meus pensamentos mudarem.

Apoiei as mãos em seu peito e senti seu batimento cardíaco na ponta dos dedos. Entreabri os lábios e quis pedir que ele me beijasse, quis implorar que seus lábios tocassem os meus, que sua língua explorasse cada centímetro da minha boca. Mas, se aprendi algo sobre a vida e o amor, foi que os contos de fadas não eram reais. Que a ilha da fantasia era um sonho, não um lugar de verdade.

— Vou me casar amanhã de manhã.

Ele fez uma careta e deu um passo para trás.

— Funcionou.

— Sinto muito.

— Não. — Ele balançou a cabeça e passou as mãos pelo cabelo. — A culpa é minha. Sou um idiota e sinto muito. Meu Deus. Nem sei o que estou fazendo. Tudo o que sei é que você está fora da minha vida há anos, Ana. Anos. E então eu volto aqui e tudo retorna, correndo. Me senti como aquele mesmo garoto de 17 anos com o coração partido de novo.

— Me desculpe... — falei, minha voz baixa.

— Não precisa se desculpar. Lembra? Não te culpo. Só senti saudades.

— Também senti. Mais do que imaginei que sentiria e mais do que achei ser possível. E o que mais me deixa confusa é que ainda que você esteja tão perto de mim agora, de alguma forma, sinto ainda mais sua falta.

Ele semicerrou os olhos e franziu a testa.

— Por que você não me respondeu então?

— O quê?

Ele passou a mão na barba e balançou a cabeça para a frente e para trás.

— Deixa pra lá. Não importa. É que eu nunca entendi.

— Entendeu o quê?

— Por que, depois que você melhorou, continuou me ignorando. Mas não importa. Eu superei.

Ele pulou do carrossel e começou a andar novamente. Pulei também e estendi a mão para segurar seu braço, fazendo-o parar.

— Espere, não, Jake. Do que você está falando?

— As cartas que eu te mandei. Escrevia para você o tempo todo e nunca recebi uma resposta.

Ergui uma sobrancelha, confusa.

— Você nunca me escreveu.

Ele assentiu.

— Escrevi, sim.

— Não, não escreveu. Jake, eu escrevi para sua casa nova diversas vezes. Sabia que se te ligasse, não conseguiria ouvir a sua voz, então escrevi cartas. Mandava uma por mês e só parei quando percebi que não teria resposta.

— Não... não tem como. Nunca recebi uma carta sua, Ana.

Meu estômago se apertou.

— E eu nunca recebi nada de você.

Ele se aproximou de mim. Ficou tão perto que eu podia sentir sua respiração suave contra a minha pele. Eu sabia que deveria ter dado um passo para trás, mas não consegui. Eu não me movi nem um centímetro para longe dele.

— Escrevi que te amava. Que te esperaria para sempre.

— Jake...

— Que você era o meu mundo. Que te esperaria para sempre.

— Por favor. Não faça isso...

Suas mãos pousaram nos meus ombros, e ele me puxou para perto, sussurrando em meu ouvido.

— Escrevi que você era tudo para mim. Que te esperaria para sempre.

As lágrimas começaram a cair dos meus olhos, e eu tremi enquanto ele me abraçava.

— Ana... o que as suas cartas diziam?

— Eu... — Minha voz falhou, e ele enxugou minhas lágrimas. — Que eu te amava. E que queria que você esperasse por mim.

— O que mais? — ele perguntou, a voz baixa e ansiosa.

— Que você era o meu mundo. Escrevi que você era tudo para mim. Pedi que esperasse por mim.

— E você achou que eu nunca respondi.

— E eu nunca soube que você não havia recebido minhas cartas. Só achei que você tinha seguido em frente, e foi o que fiz também. Mas como é possível que nós não tenhamos recebido as cartas? Como pode... — Parei de falar, enquanto minha cabeça parecia girar. Jake chegou à mesma conclusão e expressou as palavras que eu temia dizer.

— Foi o Henry.

Eu me encolhi e me afastei dele.

— Jake, não. Ele não faria isso.

— Faz sentido, Ana. Ele é o único elo para que nós dois não tivéssemos recebido as cartas. É ele quem trabalha na agência dos correios e separa as cartas...

— Não. Ele não faria isso.

Jake começou a andar de um lado para o outro.

— Vamos lá, Ana, sejamos honestos. Ele é apaixonado por você desde o primeiro dia. Não consigo acreditar que não liguei os pontos antes.

— Não posso acreditar nisso.

— Você precisa acreditar, Ana. Ele impediu que minhas cartas chegassem até você, que as suas fossem enviadas para mim. E, no momento que viu que você estava com a guarda mais baixa, foi para cima. Aquele idiota... — Ele estava chateado e passava as mãos pelo cabelo, seu ritmo, acelerado.

— Já chega, Jake. Preciso ir. — Minha cabeça estava confusa. Eu não podia me permitir acreditar no que ele dizia sobre Henry, o homem com quem eu deveria casar de manhã.

— Você perguntou a ele sobre a carta, não é? A última que mandei? Ele a escondeu de você também?

Meu silêncio foi sua resposta. Meu estômago estava em nós, e eu me senti muito tonta. Me encostei na cerca que rodeava o parque e fechei os olhos, tentando recuperar o fôlego, tentando desacelerar meus pensamentos.

— O que você está pensando? — Jake perguntou.

Balancei a cabeça de um lado para o outro.

— Não sei o que pensar. — Abri os olhos, ainda abalada. — Não sei o que pensar ou o que sentir. Mas o que sei é que vou me casar amanhã.

— Ana...

— Nós éramos jovens, Jake. Jovens e apaixonados. Mas não somos mais aqueles garotos. Você seguiu em frente, eu também. Agora levamos nossas vidas separadas.

Ele correu para perto de mim, colocando as mãos contra a cerca, me prendendo.

— O que você sentiu quando me viu hoje?

— Por favor, não faça isso.

Seus lábios pairavam sobre os meus, sem tocar, mas senti seu beijo, senti seus lábios encostando nos meus. Senti suas mãos envolvendo a parte inferior das minhas costas, e ele me erguendo em seus braços quando me inclinei contra ele, sua boca saboreando cada centímetro meu. Sua língua viajando por cada centímetro do meu corpo. Seu corpo me lembrando o que significava ser jovem e apaixonada de novo.

Na realidade, não tínhamos nos beijado, mas em meus pensamentos eu sentia tudo.

— No momento que te vi, me lembrei de tudo. Senti tudo. Desejei tudo, Ana... você deveria ser o meu para sempre, e eu deveria ser o seu.

Queria dizer a ele o quanto eu concordava. Que meu coração se incendiou no momento que vi seus olhos encarando os meus.

Mas, em vez disso, pedi que ele se afastasse e me desculpei por pedir a ele que caminhasse comigo naquela noite.

— Ana, se você for embora agora, não vou impedir. Vou deixar você viver sua vida com o Henry, porque é o que você quer, mas vou embora. Se você continuar caminhando, vou embora, porque não posso mais fazer isso. Não posso esperar por algo que nunca vai acontecer.

— Isso não é justo, Jake. Depois de todos esses anos você volta, mexe com a minha cabeça, e eu não tenho tempo para processar nada disso.

— Você está prestes a se casar com outro homem. O tempo não está realmente do nosso lado.

— Fiz uma promessa a Henry.

— Porra, Ana! — ele gritou, zangado, com toda razão. Ele caminhou em minha direção e segurou minhas mãos. — Entendi. Você não quer machucar as pessoas, nem quer que os outros se decepcionem. Mas isso faz parte da vida. Chega um momento em que você precisa fazer escolhas, Ana. Escolhas egoístas, que beneficiem a você mesma. No passado, você terminou comigo porque não queria que eu perdesse uma oportunidade, e agora, está escolhendo ficar com o Henry porque deu sua palavra a ele. Você precisa parar e pensar em você. O que te motiva? O que você quer?!

Você.

Era só o que eu queria dizer. Era tudo o que sempre quis dizer, mas, em vez disso, pedi que ele me deixasse ir.

— Vou embora, Ana. Estou indo amanhã de manhã, e não vou voltar. É isso. Depois desse momento, estou oficialmente desistindo.

Enquanto eu caminhava, imaginei como seria se eu ficasse ao seu lado naquela noite, mas sabia que não podia. Prometi minha mão em casamento ao Henry.

Mesmo que isso significasse magoar a mim mesma, desistir do único homem que fazia meu coração bater era o melhor.

CAPÍTULO 05

ANA

Era o dia do meu casamento.

Em trinta minutos, eu deveria entrar na igreja para dizer sim; Henry deveria deslizar uma aliança em meu dedo e prometer me fazer feliz para sempre. Naquele breve espaço de tempo, eu estaria casada.

Mas não era a respeito disso que a cidade estava falando no momento.

— O que foi isso?! — Quinn perguntou, correndo para o quarto onde eu estava, pronta com o vestido de noiva. Ela balançou o telefone no ar e agitou o punho. — Você me disse que precisava dar uma volta, ontem à noite. Mas não disse que precisava dar uma volta com ele.

Peguei o telefone da mão dela e ofeguei quando vi a foto de Jake, de pé na minha frente, no carrossel. Estávamos perto um do outro. Muito perto. Quase como se estivéssemos prestes a nos beijar.

— Onde você conseguiu isso? — perguntei, em pânico.

— De Staci, Trevor, Jason, Maria, Tommy, Jeff e Randy. Junto com o resto da cidade. Ana... — Ela fez uma careta. — Sou sua melhor amiga, o que significa que não vou fazer julgamentos, mas seus lábios tocaram os do Jake na noite passada?

— O quê?! Não! Vamos, Quinn, você me conhece.

— Sim, argh, você está certa. — Ela estreitou os olhos. — Seus lábios tocaram o pênis dele?

— Quinn!

— Só estou perguntando! Essa é uma pergunta totalmente válida. Sei o quanto esse rapaz mexeu com seu coração naquela época. Ele é como o uísque pelo qual você está morrendo de vontade.

— Estávamos conversando, só isso.

— É? Porque eu nunca converso com ninguém tão de perto assim, a menos que eu esteja beijando seus lábios ou planejando beijar seu pênis mais tarde.

Ah, meu Deus. Às vezes a minha amiga era tão vulgar.

— Bem, nenhuma dessas coisas aconteceu na noite passada.

— Esse não é o rumor que corre pela cidade.

— A cidade está cheia de porcaria. Por que alguém tiraria fotos nossas?! Isso é tão assustador.

— Eric Hales tirou. Ele disse que iria oferecê-las ao TMZ para ver o quanto poderia ganhar com o astro de Hollywood.

Gemi.

— E talvez pudesse arruinar um casamento também? Tenho certeza de que isso fazia parte dos planos de Eric.

— Por falar em arruinar casamentos... Henry viu as fotos.

— O quê?! — Coloquei as mãos no peito. — Ele está com raiva? É por isso que ele não responde minhas mensagens?

Ela encolheu os ombros.

— Ouvi dizer que ele ficou muito bêbado ontem à noite. Ele estava chateado, mas agora está se arrumando.

Eu só podia imaginar o que se passou em sua cabeça ao ver aquelas fotos. Se fosse o contrário, eu estaria mais que furiosa.

— Tenho que falar com ele.

— Hein? De jeito nenhum. Dá azar os noivos se verem no dia do funeral.

— O quê? — Ergui uma sobrancelha. — Você disse funeral?

Os olhos de Quinn se arregalaram, e ela me deu um sorriso tenso.

— Funeral?! Não. Casamento. Eu disse casamento.

— Não. Com certeza você falou funeral. E agora estou suando em lugares onde não deveria, e estou entrando em pânico por coisas que não deveria e... ah, meu Deus, a cidade toda pensa que toquei no pênis do Jake! Todo mundo acha que uma vagabunda vai se casar hoje!

— Meu Deus, respire, Ana. Você está pirando.

— Claro que estou. Sou uma vagabunda!

Quinn riu.

— Pare de rir, não é engraçado.

— Tudo bem, mas é meio engraçado, sua vadiazinha.

Sorri para minha melhor amiga e a empurrei.

— Cale a boca. Vou procurar o Henry.

— Tudo bem. Mas, se isso não der certo, não fique surpresa quando eu disser: eu te avisei.

Fui até a porta e parei antes de abri-la.

— Você acha que estou cometendo um erro?

— Sim, acho que o seu cabelo deveria estar preso no alto, assim está meio estranho.

— Quinn, cale a boca. Estou perguntando se estou cometendo um erro em me casar hoje.

— Depende. Você o ama, ou ama a ideia de amá-lo?

Franzi o cenho.

— Eu não sabia que existia um tipo diferente de amor até ontem à noite, quando ele me perguntou. E com a volta de Jake à cidade, minha cabeça ficou confusa, e agora... não sei. O que você acha?

Quinn fez uma careta.

— Acho que amo meu cachorro, mas não vou me casar com ele, entende? Quer a minha opinião honesta? — Assenti. — Acho que você está mais feliz nessa foto do que já te vi em anos.

— O que está acontecendo? — Amber perguntou, entrando no quarto com seu vestido de dama de honra em tom de pêssego. Ela viu a seriedade em nossos rostos. — Há uma comoção louca sobre algumas fotos na internet, e eu só queria ter certeza de que está tudo bem.

— Está tudo bem — menti. Abri um sorriso tenso para Amber. — Ei, Quinn, se importa se eu falar sozinha com ela por um instante?

Quinn concordou com cautela e saiu do quarto. Amber me lançou um sorriso nervoso.

— O que está acontecendo? — ela perguntou.

Me sentei em uma cadeira, da melhor forma possível, usando o vestido de noiva, e uni minhas mãos.

— Preciso que você seja honesta comigo.

Ela remexeu os pés e desviou o olhar.

— Tem certeza de que deveríamos estar conversando neste momento? — Ela riu, nervosa. — Você vai se casar em cinco minutos.

— Eu sei, mas preciso saber de uma coisa antes de entrar na igreja. Amber... você sabia das cartas?

Ela deu um passo para trás e soltou um suspiro.

— Hã?

— As cartas. Sei que você trabalha nos correios com o Henry, então pensei em te perguntar. Há alguns anos, Jake e eu enviamos cartas um ao outro. Sei que parece inútil e fora de propósito te questionar algo assim, mas eu realmente preciso saber.

Amber soltou um suspiro de alívio, como se tivesse pensado nas piores coisas possíveis.

— Você está me perguntando sobre cartas? Meu Deus, Ana! Você me deixou apavorada.

— O que você achou que eu ia perguntar?

Ela balançou a cabeça.

— Não sei, isso não. Mas... — Seu tom de voz diminuiu, e ela colocou as mãos na cintura. — Eu sabia.

— Sobre o Henry ter se livrado das cartas? — Ela assentiu. Eu me encolhi. — Por que não me contou? Por que não o impediu?

— Ele me contou o que Jake fez com você, como ele te abandonou. A cidade inteira sabia como ele te chutou em troca da droga de Hollywood...

— Mas ele não fez isso. — Eu a cortei.

— O quê?

— Jake não me chutou. Ele não optou pela carreira em vez de ficar comigo. Eu terminei com ele.

Amber colocou as mãos sobre o peito e se sentou ao meu lado. Seus olhos se encheram de lágrimas, e ela os estreitou.

— O que você quer dizer?

— Ele me pediu em casamento — falei, calmamente. — Ele ia jogar fora a chance de fazer o filme porque queria ficar e se certificar de que eu estava bem de saúde. Ele queria desistir de tudo por minha causa, e eu não podia deixá-lo fazer isso. Falei que não queria ficar com ele e que, se ele ficasse na cidade, não namoraríamos mais. Eu o afastei quando tudo que ele queria era ficar ao meu lado.

— Ana...

— Eu sei. E ele mentiu, dizendo a todos que a separação foi culpa dele. É por isso que a cidade o odeia. Ele assumiu a culpa pelo rompimento porque achou que eu já estava passando por muita coisa.

— Então, aquelas centenas de cartas foram uma tentativa de te reconquistar?

— Centenas? — perguntei, entristecida pelo fato.

— Havia tantas. Você enviou muitas, mas Jake... nunca pararam de chegar, até o dia em que você postou os convites de casamento. Eu disse ao Henry que você deveria, pelo menos, ver as cartas, mas ele disse que elas te magoariam.

— Preciso falar com ele — decidi, de modo severo, me levantando.

— Espere, não. Não é uma boa ideia. Você provavelmente está confusa. Não é grande coisa. Vocês dois lidaram com tudo e agora podem se casar — Amber se apressou em dizer, levantando-se da cadeira. — Ele te perdoa pelas fotos de ontem à noite, e você vai perdoá-lo pelas cartas.

— Não é a mesma coisa, Amber. Centenas de cartas. É como se Henry apagasse uma parte da minha vida, e não é certo que eu me case com ele sem algumas respostas. Preciso que ele me olhe nos olhos e me diga que está, pelo menos, arrependido ou algo assim.

Fui até a porta, e, quando estava prestes a abri-la, Amber segurou meu pulso com firmeza, franzindo a testa. Seus olhos se encheram de lágrimas, e ela foi tomada pelo pânico.

— Não faça isso, Ana.

Arqueei uma sobrancelha.

— Você não está me dizendo algo.

Ela soltou a mão que me segurava e balançou a cabeça de um lado para o outro.

— Não é nada. Só estou preocupada com o casamento e tudo mais. Sinto muito. Você deveria ir falar com ele.

— Ok...

— E, Ana? — Ela chamou, antes de eu sair do quarto.

— Sim?

— Eu sinto muito.

— Pelo quê?

Ela encolheu os ombros.

— Por tudo o que está prestes a acontecer.

Respirei fundo e saí do quarto para procurar Henry. De jeito nenhum podia me casar com a culpa me corroendo. Eu não tinha ideia do que ele pensou sobre a foto que viu, e eu precisava de respostas sobre as cartas desaparecidas.

Quando encontrei Henry, ele estava tirando fotos sozinho com Jenna, a fotógrafa, nos fundos da igreja. Ele estava tão bonito no terno preto com a gravata amarela e sorria como se estivesse feliz. Como se estivesse pronto para me fazer sua noiva.

O que eu estava fazendo?

Dei um passo para trás a fim de me afastar quando ele olhou na minha direção.

— Ana — disse ele, virando a cabeça. — O que está fazendo aqui? Dá azar nos vermos antes da cerimônia.

Engoli em seco, e Jenna deu um sorriso tenso.

— Pode nos dar um minuto, Jenna.

— Ah, não — Henry gemeu. — Isso não pode ser bom.

Jenna se desculpou, e eu fui até Henry. Ele segurou minhas mãos e se inclinou para beijar minha bochecha.

— Você está linda — ele me disse.

— Obrigada. — Remexi os pés no sapato de cristal. — Precisamos conversar.

— Sobre a foto? Está tudo bem. Fiquei um pouco chateado, mas já superei.

— Não. Conversei com Amber e...

— Não — ele me cortou, soltando minhas mãos. Ele começou a andar e mordiscou o lábio inferior. — Ela te contou?

— Sim... então é verdade?

Ele apertou a ponte do nariz e virou de costas para mim.

— Jesus, me desculpe, Ana. Queria te contar, mas aconteceu uma vez só. Depois que vi as fotos de você e Jake ontem à noite, fiquei bêbado e cometi um erro, ok?

E me endireitei, tomada pela confusão. Meus lábios se abriram, mas nenhum som saiu.

Ele se virou para mim, olhando para minha boca aberta, e continuou falando.

— Nem sei por que eu liguei para ela. Eu estava bêbado, foi um erro, e, se eu pudesse, desfaria tudo. Antes de você, Amber era uma grande parte da minha vida, e te ver voltar para o seu ex me fez lembrar da minha. Avisei a ela que era a última vez, ok? Não significou nada.

E com isso, tudo se encaixou.

Ele tinha dormido com Amber.

Na véspera do nosso casamento.

— Ana? Diga alguma coisa. Você não está respirando — ele falou, se aproximando de mim, mas eu me afastei.

— Respirar parece um pouco inútil agora.

— Foi um erro. Depois que vi você e Jake...

— Não fizemos nada! — gritei, minha voz falhando quando dei alguns passos para trás novamente. Limpei a garganta e coloquei a mão sobre a boca, as lágrimas se formando em meus olhos. Sussurrei. — Não fizemos nada.

— Fizeram, sim... vi o quanto vocês estavam perto um do outro.

— O que você quis dizer antes? — perguntei, ignorando suas palavras, porque eu sabia o que eu tinha feito, estava com a consciência limpa de que eu não tinha traído o homem que estava diante de mim. — Quando disse que avisou a ela que era a última vez? Vocês dormiram juntos mais de uma vez?

— Ana — ele começou a se aproximar, e eu ergui a mão.

— Não — falei. — Não responda. Não quero saber.

— Você veio aqui para falar sobre isso — ele ofereceu. — Então, vamos falar e acabar logo com isso.

— As cartas...

— O quê?

— Vim falar sobre as cartas. Aquelas que o Jake enviou e você escondeu de mim, e as que mandei e você escondeu dele. Amber me contou sobre as cartas, só isso, Henry. Eu não sabia de nada sobre isso.

— Não sabia? — Ele bateu as mãos contra a nuca e deu um passo para trás. — Ela não te contou?

— Não. Você se entregou sozinho.

— Podemos conversar mais sobre isso — ele disse, olhando para o relógio de pulso. — Depois da cerimônia.

— Não vai haver cerimônia, Henry. Esta coisa entre nós, esta mentira que temos vivido, acabou.

— Ana, eu cometi um erro, ok? Com as cartas, com Amber, com as mentiras... mas posso consertar isso. Posso resolver as coisas entre nós. Por favor — ele implorou.

Olhei para ele por um instante, me perguntando o que me atraiu nele em primeiro lugar. Ele queria resolver as coisas entre nós, queria que eu entrasse na igreja e que me comprometesse com ele, mas eu não sabia como fazer isso sem sentir que estava entregando o meu coração a alguém que prometia machucá-lo.

A verdade era que Henry e eu fazíamos parte de um quebra-cabeça com muitas peças perdidas — jamais seríamos completos nem encontraríamos a felicidade que nos alimentaria todas as noites.

— O que posso fazer para consertar isso? — ele perguntou.

— Nada, Henry — falei baixinho, derrotada. — Acabou.

Ele baixou a cabeça e esfregou a nuca quando começou a se dar conta dos acontecimentos.

— Acho que a superstição é verdadeira. Dá azar ver a noiva antes da cerimônia. Provavelmente porque os noivos sejam muito bons em estragar as coisas nos momentos finais. — Ele riu.

Fiz uma careta.

— Isso não é engraçado, Henry.

Ele enfiou as mãos no bolso e assentiu.

— Sim, eu sei. Acabamos de cancelar o casamento, o que não é nada engraçado. Mas, sejamos honestos — ele disse, puxando um chaveiro do bolso. Ele tirou uma chave e se aproximou de mim. — Nunca seríamos realmente um do outro. — Seus dedos seguraram os meus enquanto ele colocava a chave na minha mão.

— O que é isso?

— A chave da sala de cartas. No depósito, você encontrará uma caixa com todas as cartas que Jake lhe enviou e todas as que você enviou para ele.

— Por que você as guardou? — perguntei.

Ele encolheu os ombros.

— Passei anos sentindo inveja do Jake por te ter. E, então, quando nós dois ficamos juntos, parecia diferente. Eu sabia que você nunca me amaria do jeito que o amava, e acho que uma parte de mim sabia que um dia você procuraria as cartas, e eu teria que enfrentar isso. Só espero que elas te tragam o que você está procurando. Espero que o Jake não estrague tudo de novo ou te magoe... como eu.

Eu não sabia o que dizer, parada ali, com um vestido branco, incapaz de compreender tudo o que tinha acontecido nas últimas vinte e quatro horas. Além disso, Jake já tinha ido embora. Na noite passada, ele disse que estava desistindo. Eu fui embora e o deixei sozinho.

— Devo contar a todos? — Henry perguntou.

— Não. Vou cuidar disso, resolverei tudo. Por favor, vá embora.

— Ana...

— Por favor, Henry. Só vá embora.

Ele fez o que pedi. Ele se virou e se afastou sem olhar para trás uma vez. Em seguida, o choque deu lugar a uma onda de tristeza.

CAPÍTULO 06

ANA

— Ana, você está respirando? — Quinn perguntou, entrando correndo no quarto, sem fôlego. Eu estava sentada no chão, olhando distraída para o anel de noivado em uma mão e a chave que Henry me deu na outra.

— Ah, não — Quinn franziu o cenho. Ela correu até meu lado e se sentou. — Fale comigo, o que está acontecendo?

Meus olhos se voltaram para a porta e depois para a minha roupa. Não era uma roupa qualquer, mas, sim, meu vestido branco de noiva e sapatos de cristal. Sempre achei que usaria sapatos de cristal tipo os da Cinderela no dia do meu casamento. E esse dia finalmente chegou. E foi embora.

— O casamento foi cancelado? — ela perguntou, gentilmente. Estava preocupada.

Assenti.

— Foi, sim. — As lágrimas caíram por minhas bochechas, e ela rapidamente as secou.

— Certo, me diga o que fazer, porque tem cerca de duzentas pessoas sentadas no salão da igreja, esperando a noiva aparecer. Ana, sou sua melhor amiga e dama de honra, e farei qualquer coisa que me peça. Mas vou precisar que você realmente me diga o que fazer.

Fechei os olhos e respirei fundo.

— Diga que o casamento foi cancelado. Faça com que todos voltem para casa. Inclusive meus pais. Não suporto a ideia de olhar para minha mãe agora com sua expressão de desapontamento.

Quinn assentiu.

— Eu cuido disso. Depois voltarei para te buscar.

— Não, eu vou ficar bem.

— O quê? Não vou te deixar sozinha.

— Você disse que faria qualquer coisa que eu pedisse, Quinn. Preciso ficar sozinha por um tempo.

Hesitando, ela assentiu e saiu do quarto. Me levantei e passei a mão no vestido de noiva antes de ir para a frente do espelho. Meu cabelo castanho estava penteado para trás, preso em um coque perfeito. Meus lábios estavam pintados de vermelho, e os cílios, manchados de preto. A aliança de casamento da minha avó foi colocada no meu vestido como algo emprestado. Minha mamãe me deu um bracelete de diamante como algo novo, minhas unhas brilhavam em azul, e eu segurava a chave que me levaria às cartas de Jake.

A coisa antiga.

Ouvi uma batida na porta, me tirando dos meus pensamentos.

— Tudo limpo — Quinn gritou, me deixando saber que todo mundo tinha ido embora do salão onde seria realizada a cerimônia.

Respirei fundo e esperei alguns minutos antes de dizer:

— Você também pode ir, Quinn.

Por cerca de mais dois minutos, houve silêncio. Então, ela disse:

— Ok, eu vou. Não porque eu quero, mas porque você é a minha melhor amiga e eu respeito suas escolhas. Mas, se eu não souber de você em uma hora, vou enviar uma equipe da SWAT.

Eu ri.

— Também te amo.

Quando encontrei coragem de me levantar, caminhei até a porta e olhei para o corredor. Ninguém à vista. Então, me dirigi para a capela e abri a porta para ver as flores e a decoração que tinha sido feita na noite anterior. Vi as pétalas de rosa que a sobrinha de Henry deveria jogar quando eu entrasse na igreja, vi a almofada que o sobrinho dele deveria segurar. O silêncio era estranho, e meu coração acelerou quando notei um homem sentado na fila da frente.

Ao som dos meus passos, ele se levantou, se virando para me ver.

— Jake — sussurrei, as lágrimas caindo enquanto meus olhos o encaravam. Ele ficou parado no fim do corredor, olhando para mim enquanto eu fiquei congelada na outra extremidade. — Achei que você tinha ido embora.

Ele não disse uma palavra. Suas mãos estavam nos bolsos da calça cinza, e ele deu um passo em minha direção.

Levantei a mão.

— Não, por favor. Não faça isso. Não fique tão triste e magoado por mim. Porque, se você está triste, é um lembrete de que estou triste, e eu realmente não posso me sentir assim agora. Então, por favor, não se aproxime.

Ele deu mais um passo.

— Ana...

— Jake, não, por favor... — implorei, minha voz falhando enquanto eu fechava os olhos, me dando conta de que, nos últimos anos, tudo o que fiz foi cometer erro atrás de erro. Era culpa minha o modo como tudo aconteceu. Era incrível como as pessoas tentavam fazer o que realmente acreditavam ser o melhor para todos, e acabavam estragando tudo.

Ser humano significava ser falho.

E eu era a definição de falhas.

Mas ele continuou andando. Ouvi seus passos se aproximando, e meu corpo começou a tremer quando abri os olhos.

— Ele me contou tudo. Sobre as cartas. E me contou algo mais. Sem querer, é claro. — Minha voz tremia. — Que ele me traiu com a Amber por só Deus sabe quanto tempo.

Ele parou na minha frente, e as lágrimas rapidamente começaram a cair dos meus olhos.

— E eu sou tão idiota porque você esteve aqui o tempo todo, esperando por mim, e eu continuei te afastando.

— Não importa.

Assenti.

— Importa, sim. Você merece mais. Não mereço o seu consolo, Jake. Nem o seu perdão. — Minhas lágrimas se transformaram em soluços, e eu cobri o rosto com as mãos, arruinando a maquiagem. — Não mereço você.

— Você é tudo que eu sempre quis, Ana. E, se isso significa que eu precisava esperar todos esses anos para te ter de volta, eu esperaria tudo de novo. Você foi meu começo e é o meu fim. Não há nada para perdoar. Você não sabia sobre minhas cartas, da mesma forma que eu não sabia sobre as suas.

— Como você pode ser tão... altruísta?

— Porque quando se ama alguém, a gente espera o tempo que for para que as coisas se alinhem. Para que tudo entre nos eixos. E então — ele se aproximou e passou os braços ao meu redor, me puxando para seu peito, onde comecei a desmoronar. —, você espera para se arriscar e promete a si mesmo que nunca vai deixar o amor escapar de novo.

Ele me abraçou por alguns minutos e me permitiu desmoronar. Me abraçou o tempo todo, me lembrando de que, quando eu estivesse me sentindo fraca, ele seria minha força. Isso era tudo o que ele sempre tentou ser para mim — minha força, meu amor.

— Podemos dar uma volta? — perguntei.

Ele assentiu.

— Sempre.

Acabamos voltando ao lugar onde demos o nosso primeiro beijo depois de uma parada rápida na agência dos correios. Nos sentamos no carrossel, em silêncio, com dezenas de cartas ao nosso redor. Havia muitos envelopes com formatos diferentes e os mais diversos tipos de selo. Embora houvesse algumas diferenças entre as cartas, uma coisa era sempre igual: o amor que havia em cada uma. De cartas com letras cursivas a impressas, havia muitas palavras que mostravam o quanto queríamos um ao outro.

CAPÍTULO 07

Ana,

Quero que você saiba que eu sinto muito. Sinto muito pela forma como explodi. Pelo jeito como te disse que jamais olharia para trás. Sinto muito pela maneira com que permiti que você me afastasse. Acabei de aterrissar em Los Angeles, e minha cabeça ainda está girando. Estou sentindo tudo ao mesmo tempo e não sei como lidar com isso. Sinto sua falta. Sinto saudades de tudo que se refere a você. Seu sorriso, sua risada, seu toque. Mas também estou chateado por você ter me feito ir embora. Estou aborrecido com tudo o que se refere a você. Seu sorriso, sua risada, seu toque. Mas, principalmente, estou com medo. Sinto medo de não conseguir tê-la de volta em breve, de que, quando você terminou comigo, tenha sido para sempre. Temo por sua saúde. Estou preocupado por não estar ao seu lado para segurar sua mão nos dias difíceis. Tenho medo de que eu não possa ser forte para você. Que você também se permita se esquecer de mim. Você vai se esquecer do meu sorriso, minha risada, meu toque, e isso me aterroriza. Mas imploro para que você ainda não desista de mim.

Quando você estiver melhor e recuperada, quero que me encontre.

Eu te amo e estarei te esperando.

Jake

* * *

Jake,

Tive um pesadelo na noite passada em que você ia embora, e, quando acordei, percebi que meu maior medo tinha se tornado realidade. Chorei até dormir e acordei da mesma forma. Meus pais estão preocupados comigo, mas continuo dizendo a eles que estou bem.

Sinto, lá no fundo, que fiz a escolha certa, mas uma grande parte de mim se pergunta o que teria acontecido se eu tivesse dito sim. Me pergunto quanto tempo demoraria para que eu me tornasse sua esposa. Se a minha vida terminasse amanhã, ainda assim sentiria como se a tivesse vivido ao máximo, porque tive a sorte de ser amada por você.

Ana

* * *

Ana,

Fui à Nova York na semana passada para dar algumas entrevistas de divulgação do meu próximo filme e, quando encontrei a mulher que ia me entrevistar para GQ, tive que fazer uma pausa, pois a forma como o cabelo escuro dela caía no rosto me fez lembrar de você.

Mas o sorriso dela era diferente.
Sinto saudades do seu sorriso.
Saudades de te ver rir.
Sinto falta do seu toque.
Estou esperando.
Jake

* * *

Jake,
Eu te amo.
Ana

* * *

Ana,
Eu te amo.
Jake

CAPÍTULO 08

JAKE

Todas as palavras que sonhei que Ana dissesse para mim estavam nessas cartas. Se eu soubesse da existência delas, teria voltado há anos e nunca a deixaria sair do meu lado. Observei as lágrimas escorrendo por suas bochechas enquanto seus olhos corriam de um lado para o outro ao ler as palavras que escrevi. Ela leu cada carta mais de uma vez, como se estivesse tentando voltar no tempo e imaginar o que teria acontecido se soubesse que eu ainda a amava.

Quando terminou a última carta, soltou um suspiro e enxugou os olhos. Ela começou a organizá-las, e as colocou de volta na caixa de correio em que as trouxemos.

— Cada palavra... — ela começou a falar, mexendo os polegares, mas suas palavras sumiram.

— Era o que nós dois estávamos esperando ouvir — terminei.
Ana assentiu em concordância.

Ela levantou a cabeça e me encarou.

— Pode me girar? — perguntou, colocando as mãos sobre o coração. Eu me levantei e assenti, saindo do carrossel. Ela se levantou, agarrou o mastro e fechou os olhos.

Quando comecei a girar, ela sorriu. Girei cada vez mais rápido, correndo e rodando, observando seu sorriso aumentar enquanto o vento tocava sua pele. Quando chegou a hora, pulei para a plataforma. De pé, bem na frente dela, coloquei as mãos sobre as suas. Ela abriu os olhos, e eu vi o pequeno tremor em seu lábio inferior.

Continuávamos dando várias voltas, nossos olhos fechados, nossos corpos juntos um do outro e nossas respirações pesadas. Seu coração estava acelerado como o meu? Ela estava nervosa também?

Seus olhos encararam meus lábios, os meus olharam para os dela, e, quando o carrossel começou a parar, meus batimentos cardíacos aceleraram.

— Ana — sussurrei, minha voz trêmula. — Foi aqui que eu...

— Me beijou — ela falou com suavidade, se aproximando mais e descansando as mãos no meu peito.

— Eu te beijei — respondi. — E você me beijou de volta.

— E eu te beijei de volta. — Nossas respirações estavam pesadas e desiguais, enquanto ela expirava, eu inspirei. Quando soltei meu ar, ela encontrou seu próximo fôlego.

— Jake?

— Sim?

— Me beije.

— Vou te beijar.

Minha boca pairou sobre a dela, meus lábios emoldurando os dela. Mesmo que eu quisesse mergulhar profundamente, estava determinado a aproveitar o momento. Queria viver esse instante o máximo que pudesse. Queria que essa fosse a minha lembrança favorita: o momento que encontramos o caminho de volta para o outro. Ela inclinou ligeiramente a cabeça, sem tirar os olhos de mim, e eu rocei meus lábios contra os seus. Minha mão envolveu seu corpo, puxando-a para mais perto, pressionando-a contra mim. Ela ficou um pouco ofegante e lentamente delineou meu lábio inferior com a língua antes de sugá-lo. Então eu era dela. Beijei-a com força e por muito tempo, saboreando seu gosto, me lembrando de como era beijar de um jeito que eu jamais esqueceria. Eu a amava há anos, e a amei ainda mais naquele exato momento. Minha língua deslizou em sua boca, e ela me beijou como se sentisse minha falta há anos e estivesse feliz por eu ter voltado. Quando nos separamos, me abaixei e fiquei de joelhos.

— Case-se comigo — pedi, sério.

— Quando? — ela perguntou.

— Agora — respondi.

Ela segurou minhas mãos e riu.

— Agora? Jake, não podemos nos casar agora.

— Por que não? A igreja está pronta, os bolos da Mima estão prontos, eu estou pronto.

— Eu... — ela fez uma pausa e remexeu os pés. — O dia ficou marcado, não acha? Não posso me casar com você no dia em que me casaria com outro homem. Esse tipo de coisa faz de mim uma vadia de casamento.

Eu ri.

— Tudo bem. Case-se comigo amanhã.

— Você está falando sério? — ela perguntou, semicerrando os

olhos. Assenti rapidamente. Eu me casaria com ela naquele minuto, se fosse possível. — E a sua carreira?

— Vamos dar um jeito nisso.

— E o meu trabalho?

— Vamos dar um jeito nisso também.

Ela fez uma careta antes que um sorriso minúsculo surgisse em seus lábios.

— Você quer ser meu marido? Mesmo?

— E quero que você seja minha esposa.

Ana se remexeu para a frente e para trás, fazendo o carrossel se mover de leve.

— Mima *fez* um monte de bolo. Seria um desperdício não os aproveitarmos.

Assenti.

— Fez mesmo.

— Você quer mesmo se casar com uma garota como eu? Uma garota confusa e machucada...

— Que é tudo o que eu sempre quis? Sim.

— Eu mudei um pouco desde que você foi embora. Sempre choro em comerciais de fim de ano.

— Você sempre chorou durante esses comerciais — zombei.

Ela mordeu o lábio inferior.

— Eu também ronco. Alto.

— Você sempre roncou. Só não contei porque sabia que você tinha consciência disso.

Ela bateu no meu peito.

— Sério?!

— Você não me deixaria entrar no seu quarto se achasse que era um problema. Esse som era uma das minhas coisas favoritas para dormir. Agora, case-se comigo.

— Amanhã? — ela perguntou.

— Amanhã — respondi — Diga sim?

Ela descansou a testa contra a minha, abriu os lábios sobre minha boca e assentiu enquanto sussurrava.

— Sim, sim, sim.

CAPÍTULO 09

JAKE

— Longe de mim querer dizer eu avisei, mas... — Minha mãe estava comigo no banheiro, arrumando a minha gravata. Em vez de uma grande cerimônia, Ana e eu achamos que seria melhor convidar alguns familiares e amigos próximos para que pudéssemos nos casar no quintal da casa da minha família.

Desde que a notícia sobre nosso casamento foi divulgada, umas oitenta pessoas apareceram sem ser convidadas, pois era o que acontecia em nossa cidadezinha.

— Mas você me avisou. — Sorri. — Obrigado por isso.

— É para isso que servem as mães. Porque é óbvio que vocês, crianças, não sabem de absolutamente nada. — Ela deu um passo para trás, colocou as mãos na cintura, e seus olhos se encheram de lágrimas. — Meu filho está crescendo.

Dei de ombros.

— Ainda não separo as roupas coloridas da branca na hora de colocar na máquina, se isso faz você se sentir melhor.

Ela revirou os olhos.

— Toda vez que sinto que estamos prestes a ter um momento especial, você vai lá e acaba com ele. — Ela bateu no meu braço e depois se inclinou para beijar minha bochecha. — Vá buscar sua garota.

— Vou mesmo.

Conforme saí do quarto, trombei com Eric, que vestia terno e gravata borboleta.

— Meu amigo! — ele gritou, se aproximando de mim e me dando tapinhas nas costas. Ele passou um braço ao redor do meu ombro e me puxou para uma foto rápida.

Sorri.

— Vai vender essa para o TMZ também?

Ele recuou, espantado.

— O quê?! Irmão, eu nunca faria algo assim. Você é meu amigo, não a minha fonte de renda. É por isso que vim aqui hoje, para me oferecer para consertar a confusão dessas fotos no carrossel que apareceram misteriosamente na internet.

Ergui uma sobrancelha.

— Sim, engraçado como isso aconteceu.

— Eu sei, é muito bizarro. Mas, de qualquer forma, estou aqui para me apresentar como seu padrinho.

— Bem, na verdade, nós vamos pular todo o...

Ele deu tapinhas nas minhas costas, com força.

— Não se preocupe, rapaz! Estou honrado! Vou ficar ao seu lado o tempo todo. Por falar em tempo, devemos ir para o altar agora. Vamos. — Ele segurou meu braço e me puxou, tirando mais uma foto enquanto caminhávamos para fora.

Bem, acho que eu teria um padrinho no fim das contas.

Quando entrei no quintal, estava cheio de gente. Todo mundo que eu conhecia desde a infância estava lá, sussurrando e olhando para mim. Mas, dessa vez, os sussurros eram muito diferentes dos de antes. Eles quase pareciam... gentis.

Meus olhos encontraram uma pessoa do outro lado, que estava um pouco escondida. Fiz uma careta quando ele acenou para que eu fosse até lá.

— Volto já, Eric — falei, cutucando-o no braço.

— Tudo bem, mas não se atrase, ok? Caso contrário, terei de me casar com a moça.

Eu ri e fui para o canto atrás de algumas árvores.

— Você tem muita cara de pau em aparecer aqui hoje — falei de um jeito frio, encarando Henry, que parecia deplorável.

— O mesmo poderia ser dito sobre um cara que se casa com uma garota no dia seguinte à data de casamento original — ele falou de volta. Minhas mãos formaram punhos, e ele ergueu as suas em sinal de rendição. — Ok, ok, eu sei, fui longe demais. Olha, não vim aqui para começar uma briga. Só vim para me desculpar.

— Você está brincando comigo? Henry, você escondeu centenas de cartas de nós dois. Você atrapalhou nossa comunicação por anos!

— Eu sei, eu sei. Sei que não tem desculpa, mas lamento. Amber me disse que você não terminou com a Ana naquela época. Acho que uma parte de mim sabia disso. Eu sabia que você não era o tipo de pessoa que deixaria alguém assim. Mas eu sempre a quis, cara. Pelo menos, achei que queria. E acreditar que você era um filho da mãe tornou mais fácil considerar a ideia de estar com ela. Ah, eu contei a todo mundo na cidade o que aconteceu. Então, o ódio que você estava recebendo vai se tornar amor. Sinto muito e espero que você a trate melhor do que eu.

— Vou, sim — falei, confiante. Eu a trataria melhor do que nunca.

Henry fez uma careta e enfiou a mão no bolso de trás.

— Bem, se vai mesmo ter casamento, acho que você deveria ficar com isso. — Ele me entregou um pequeno anel com um diamante minúsculo. Era o anel que comprei para Ana quando a pedi em casamento naquela época. Em uma das cartas, eu o mandei de volta, pedindo que ela o guardasse até que estivesse pronta para que eu o colocasse em sua mão.

Peguei o anel, sem ter certeza do que dizer. Henry se virou e foi embora sem olhar para trás.

Quando chegou a hora, fiquei na frente de todos os moradores da cidade, esperando Ana cruzar o pequeno corredor em minha direção. Quando ela saiu da casa, e todo mundo se levantou para vê-la, meu coração parou de bater, mas, de alguma forma, passou a bater acelerado. Ela deu alguns passos na minha direção, usando um vestido branco simples e segurando um pequeno buquê de margaridas. Seu cabelo estava solto e caía sobre os ombros. Ela se parecia exatamente como era, sem muita maquiagem, sem um vestido muito armado — aquela era só a minha Ana. A garota que eu amaria pelo resto da vida.

Quando veio em minha direção com aquele sorriso nos lábios e brilho nos olhos, ela se inclinou e me beijou antes que nos mandassem, e eu a beijei de volta com gentileza, sabendo que não havia nada de tradicional naquele casamento.

— Eu te amo — ela sussurrou contra meus lábios.

— Eu te amo — sussurrei de volta.

O padre sorriu.

— Bem, isso parece adequado, já que as coisas estão sendo feitas ao contrário hoje. Mas, se não se importam, eu adoraria começar a cerimônia. — Todos riram.

Quando chegou a hora de trocar as alianças, seus olhos se encheram de lágrimas.

— É aquela...?

Assenti.

— Sim. Eu a consegui de volta com um velho amigo. — Deslizei o anel em seu dedo e prometi a ela tudo o que eu tinha: o bom, o mau e o melhor.

Uma vez que os votos foram trocados e nossa excitação quase nos dominou, o padre me olhou e perguntou.

— Jake, está pronto para beijar sua noiva de novo? Porque parece que você realmente quer beijá-la.

Abri um sorriso enorme.

— Sim.

E nos beijamos muitas vezes.

Se tivesse demorado mais dez anos para que Ana se tornasse minha, eu teria esperado todos os dias pela chance de abraçá-la perto do meu coração e sussurrar: "aceito".

As cartas que escrevemos nos uniram e nos permitiram começar a história não escrita do nosso futuro juntos.

E seríamos felizes para sempre.

Sim, sim, sim.

CAMILA MOREIRA

Além das CORES

CAPÍTULO 01

VOCÊ ACREDITA EM DESTINO? EM CARMA OU CASTIGO?

Eu não acreditava até aquela manhã.

Saí de casa jurando que levava uma vida relativamente tranquila. Era uma estudante prestes a terminar a faculdade. Tinha um apartamento, um bom emprego, um noivo carinhoso e gentil.

Estava preparando o casamento dos meus sonhos, mas conforme a data se aproximava, algumas incertezas surgiam. Eu e Maurício não estávamos mais nos entendendo entre quatro paredes. E muitas vezes ele me responsabilizava por isso. Fazia um tempo que os dois tinham se acomodado. *Queria saber onde estava a Alice e o Maurício do início do relacionamento, os dois que só pensavam em sexo, que pareciam dois coelhos.*

Apesar das dúvidas, eu tinha plena certeza de que continuar com os preparativos era a melhor coisa a fazer... Isso até encontrar o babaca do meu noivo transando na minha cama com a minha melhor amiga e futura madrinha de casamento.

Eu tinha saído de casa de manhã cedo, como fazia todos os dias, e, quando cheguei à pequena floricultura onde trabalhava, recebi a notícia de que seria dispensada. Foi o pontapé para o meu dia infernal!

Antes de ir para a faculdade, decidi passar em casa. Ao abrir a porta do apartamento, ouvi a voz de Maurício. Lembrar o diálogo que veio a seguir ainda embrulhava meu estômago.

Nossa, como você é gostosa! Que apertadinha. Uau...

Ah, que saudade. Que delícia, Mau. Me fode, vai...

Vai, gata. Rebola gostoso pro seu dono, vai.

Vem pra sua madrinha, vem, seu gostoso.

Eu me senti em um filme pornô barato. Assim que me viu, Lúcia começou a chorar. E o canalha do Maurício teve a cara de pau de tentar se explicar, como se isso fosse possível.

Depois de uma discussão nada amistosa, eu resolvi ir embora. Não conseguia mais olhar para a cara daqueles dois.

Estava explicado o motivo da nossa relação ter esfriado.

Idiota!

Meu telefone toca assim que saio do prédio. É a Josi, recém-promovida à minha melhor amiga, depois dos últimos acontecimentos.

— Alice, cadê você? Já estão quase todos aqui.

— Ah, meu Deus! — Olhei para o relógio e percebi que estava atrasada.

— Estou chegando — respondi.

Era um dia importante para mim. Para o projeto final, o professor propôs que escrevêssemos uma pequena biografia de uma personalidade brasileira. As opções eram um jogador de futebol em ascensão, uma dançarina, um cantor sertanejo, um youtuber, um pintor e, minha preferida, a escritora de romances históricos, Janete Lins. Sou apaixonada pelos livros dela e, quanto mais leio, mais tenho vontade de devorar suas histórias maravilhosas. Se eu fiquei empolgada com a ideia? Estava radiante. Era a chance que eu tinha de mostrar meu estilo, e uma grande editora participaria da edição final do trabalho.

Como nem tudo são flores, a escolha seria feita por sorteio. Tentei argumentar com o orientador, explicando o quanto eu conhecia a Janete Lins, mas sua resposta foi taxativa: "Então seria fácil para você. Pense pelo lado positivo. Se não conseguir a Janete, será um desafio maior."

Eu tinha que chegar ao ponto de ônibus o mais rápido possível. Olhei uma última vez para o prédio que acabara de deixar, e permiti que uma única lágrima rolasse pelo meu rosto. *Estava tudo acabado!*

Quando cheguei à faculdade, o sorteio já tinha sido feito e o professor conversava sobre o trabalho com alguns alunos. Pude ver em seus olhos que havia perdido mais aquela batalha.

Deus, o dia já pode terminar!

— Achei que hoje era um dia especial para você, Alice. Nunca pensei que se atrasaria.

Eu tive vontade de chorar. Não dava para explicar para o professor que me atrasara porque tinha flagrado meu noivo fodendo com a nossa futura madrinha de casamento na minha cama.

NA MINHA MALDITA CAMA.

Apenas encolhi os ombros e peguei o envelope que ele me estendia.

— Foi o que sobrou — disse ele, anotando meu nome em uma planilha. — Eu confio em você, Alice. Aliás, você é a grande promessa da turma. Não me decepcione e, o mais importante, não se decepcione.

Ele saiu, e eu encarei o papel em minhas mãos. Os poucos colegas que restavam na sala começaram a sair, um por um, mas não sem antes virem até a mim e me desejarem sorte ou me darem os pêsames. *Será que a notícia da traição já havia se espalhado?*

Meu celular tremeu, e vi que era uma mensagem da Josiane:

VC ESTÁ FERRADA

Olhei outra vez para o envelope em minhas mãos antes de abri-lo.

Leandro Franz
25 anos
Pintor

Sim, eu estava irremediável e completamente ferrada.

Certo, Deus. Agora sim o dia já podia chegar ao fim.

— O que você vai fazer? — perguntou Josi enquanto tomava um suco de laranja.

Eu a encontrei na cantina, poucos minutos depois de receber minha sentença de morte literária. Não havia conseguido tomar um gole sequer da minha limonada.

— Vou escrever a biografia, ué. O que mais posso fazer? — Dei de ombros, tentando manter a calma.

— Dizem que ele é meio maluco — emendou a minha amiga. — Ele nunca dá entrevistas; odeia a mídia. Fala sério, o cara é um pintor milionário e sequer tem uma página no Facebook! Em que mundo esse idiota vive?

As palavras de Josi me faziam transpirar. Eu tinha plena consciência do que ela dizia. Desde que soubemos do projeto, passamos a discutir as personalidades sobre as quais teríamos que escrever. E, para minha sorte, Leandro Franz foi categorizado como *o pesadelo*. O cara era avesso à mídia. Não aparecia em público, a não ser na abertura de suas exposições, e tinha fama de ser insuportável, totalmente antissocial. O professor havia dito que era amigo do Leandro desde antes de ele se tornar o fenômeno que era e, por isso, o pintor havia aceitado ser biografado.

O pouco que sabíamos dele era que havia passado dez anos nos Estados Unidos. Lá, há cinco anos, Leandro negociou seu primeiro quadro na casa dos milhares de dólares, com apenas 20 anos. Talvez isso explique um pouco da arrogância. *Um pintor brasileiro fazendo sucesso nos Estados Unidos?* Era realmente espantoso.

— Não sei como esse monte de manchas coloridas valem tanto dinheiro.

Josi chamava minha atenção ao mostrar no celular a foto de uma das telas do Leandro.

— É pintura abstrata. — Ela me olhou como se eu não tivesse dito nada. — Arte moderna. As cores são a base de toda a obra. São elas que causam as mais diversas sensações em quem observa. Frio, calor, tristeza, alegria, raiva. O espectador é levado para dentro da tela por meio das cores.

Josi bufou.

— Para mim, isso é besteira para arrancar dinheiro de otário que tem tanto dinheiro que não sabe como gastar. Então, alguém mostra uns rabiscos, diz um monte de baboseiras e pronto. Mais um otário no mundo. Com uma caixa de tinta guache, minha sobrinha pinta igualzinho ao Senhor Pesadelo.

Pela primeira vez naquele dia eu sorri. Não havia como explicar aquilo para Josi, ela não se convenceria de que os quadros manchados e rabiscados por Leandro eram a mais pura arte.

Eu também não entendia muito de arte, mas gostava de arte moderna.

Basicamente, a arte de Leandro era não representativa, ou seja, não tinha intenção de representar a realidade. Pelo pouco que eu entendia, a sua criação poderia ser considerada a própria realidade. Sua arte era subjetiva, usava forma simples, linhas e, sobretudo, cores para se exprimir.

Realmente meu professor tinha razão: estava diante de um grande desafio.

Era uma merda, mas, pelo menos, uma merda interessante. Já estava me apaixonando pela possibilidade de conhecer um pouco mais daquele mundo.

— Você ainda não me disse por que se atrasou. Você é tão certinha que até fiquei preocupada.

Josi era gentil à sua maneira, meio direta demais. Sempre dizia o que pensava. Era uma boa amiga. Os cabelos pretos, lisos, emolduravam o rosto magro. Ao contrário de muitas mulheres, ela sofria por ser magra demais. Como minha mãe dizia: *era magra de ruim.*

— Peguei Maurício me traindo. — Eu cuspi as palavras, e Josi, o suco que bebia.

Seus olhos castanhos ficaram grandes demais no rosto; as pupilas dilatadas e bochechas vermelhas confirmavam sua surpresa.

— Como? Quando? — gaguejou. — Pegou ele no celular com alguém?

— Não! Peguei ele trepando com a minha madrinha de casamento no nosso apartamento.

— Filho da puta desgraçado.

Eu sabia que, em se tratando de Josi, ouviria alguns palavrões.

Sua explosão me trouxe de volta à realidade. Com a história do Leandro Franz, me esqueci por um momento de que havia sido duplamente traída: pelo homem a quem amava e pela mulher em quem confiava. Solucei algumas vezes antes de deixar o choro sair. Josi se levantou e me abraçou. Simplesmente aceitei o gesto e não me importei com mais nada. Tudo que queria era chorar até aquela dor passar.

— Isso realmente é uma merda fodida.

Agradeci por ela não tentar minimizar a situação nem fantasiar uma solução que não existia. Tudo que eu menos queria naquele momento eram frases de efeito criadas para enganar pessoas que já haviam sido enganadas. Agora eu realmente sentia ódio dos clichês: *Tudo vai ficar bem. Vai passar. O tempo cura tudo.*

Na vida real não funciona bem assim. Estava sentindo na pele.

Quando me afastei dos ombros de Josi, agradeci silenciosamente pelo apoio. Sequei as lágrimas que ainda me desciam pelo rosto quando vi o professor se aproximando da mesa.

— Que bom que ainda está aqui, Alice. — Ele parou por um momento e me encarou. — Aconteceu alguma coisa?

Balancei a cabeça.

— Não. Tudo está como tem que estar.

— Que bom! — Abriu um sorriso. — Pois acabei de falar com Leandro. Ele disse que viaja amanhã para São Paulo. Vai ficar uma semana fora, então, concordou em se encontrar com você hoje. Em duas horas, para ser mais preciso.

O choque da notícia congelou meu corpo. Eu não estava preparada para aquele encontro. Precisava, no mínimo, de alguns dias para me preparar. Tive vontade de dizer isso, mas não tinha condições de explicar aquilo sem me expor. Apenas balancei a cabeça, e o professor me entregou um pedaço de papel com um endereço. Ele saiu, e Josi me encarou, mais uma vez perplexa naquele dia.

— Você está ferrada — repetiu.

Li o endereço e a encarei novamente.

— É... eu sei.

Peguei um táxi. Não queria correr o risco de me atrasar. Não quando quem me esperava tinha fama de comer criancinhas no almoço, e jornalistas — de qualquer gênero — de sobremesa. Pela janela, eu observava a paisagem. Havia um tempo que os prédios do centro de Curitiba tinham dado lugar ao verde das árvores. A cada minuto que passava, eu ficava mais ansiosa. Conhecia aquele bairro, era um cartão-postal da cidade, mas tudo que sabia sobre as pessoas que moravam ali era o que lia na mídia. O local era rodeado por mansões suntuosas. Uma mais linda do que a outra. Uma maior do que a outra.

Fiquei pensando o quanto meu trabalho com ele seria difícil. Leandro se recusara a responder a entrevista por e-mail, só concordando em participar do projeto se fosse entrevistado pessoalmente. Uma contradição em relação à sua aversão à mídia. A obscuridade que rondava aquele homem começava ali.

Qual o sentido de receber um estudante em casa, para alguns encontros, para a produção de um livro, se você tem ódio mortal de entrevistas?

Esperava, pelo menos, entender um pouco mais da mente genial de Leandro Franz após a conclusão do trabalho.

O taxista parou em frente a uma das mansões do bairro. Sabia que ele ela rico, mas pela sua idade, não esperava que se escondesse em um lugar tão isolado. Imaginava um cara que curtia a vida e o dinheiro em algum apartamento do centro da cidade.

Quando desci do táxi, o celular começou a tocar e, pela música, eu sabia que era Maurício. Ignorei a chamada, mas logo ele tocou novamente.

VAI SE FODER!

Teclei em CAPS LOCK. Talvez assim ele entendesse que nada, absolutamente nada, me faria voltar.

Desliguei o telefone e coloquei o aparelho na bolsa.

Precisava me concentrar e esquecer os últimos acontecimentos.

Era difícil, pois além da traição de Maurício e Lúcia, eu tinha perdido o emprego. E ainda teria que lidar com todas as consequências do cancelamento do casamento.

Toquei a campainha uma vez.

Como contar aos meus pais?

Toquei pela segunda vez.

O que faria quando meu aviso prévio acabasse?

Toquei pela terceira vez.

Como encarar Maurício de novo?

Quando ia apertar pela quarta vez, a grande porta se abriu. Uma mulher vestindo um terno escuro e com um coque alto me recebeu. Ela devia ter uns 35 anos. Tinha cara de poucos amigos, pois seus olhos se semicerraram em um gesto nada tranquilizador.

Encontrei minha voz no mesmo lugar em que tranquei as lembranças que estavam me assombrando, ou seja, bem lá no fundo.

— Boa tarde! Meu nome é Alice Schneider. Tenho uma reunião marcada com o Sr Leandro Franz.

Ela me olhou de cima a baixo, impaciente. Eu ainda vestia o uniforme da loja, por isso não me surpreendi com sua reação. Parecia mais com uma vendedora de grama do que uma estudante prestes a conhecer um dos artistas mais promissores do país.

— Ah! — exclamou ao reconhecer o meu nome. — A jornalista.

Ela me deu passagem, e eu entrei.

— Na verdade, é escritora. — Eu a corrigi, mas ela não prestou atenção.

Não me importei. Afinal, o que era esse detalhe diante de toda a merda que já estava sendo o meu dia?

Sorri. Não havia mais nada que eu pudesse fazer.

CAPÍTULO 02

TUDO ALI ERA MAIS LUXUOSO DO QUE QUALQUER COISA QUE EU JÁ TINHA VISTO.

A sala na qual esperava não tinha muitos móveis; apenas um aparador encostado em uma das paredes e uma escultura próxima a uma escada que subia em caracol. Ah, e uma fonte. Sim, a casa tinha uma fonte na entrada principal. Não sabia se achava aquilo deslumbrante ou bizarro demais. Tentei não pensar muito, já que não entendia nada de mansões e seus objetos extravagantes.

O barulho que meus sapatos faziam no chão de mármore claro não me parecia um som normal, era agudo. Não era o ruído usual de saltos batendo em um piso barato.

Movida pela curiosidade, caminhei pela sala até passar a escada. Vi duas portas que me intrigaram, pois não fazia ideia do que havia por trás delas. Olhei para cima, rodopiando sobre os pés, enquanto observava os lustres.

O lugar era iluminado. Nas paredes claras, alguns quadros, provavelmente de Leandro, mas eu não sabia ao certo, o que me fez concluir que deveria estudar mais a fundo o personagem do meu livro. Não era o ideal saber tão pouco sobre ele, mas, hoje, teria que me virar com isso.

Um quadro chama a minha atenção, e paro diante dele, sendo transportada para dentro da imagem. É tão colorida e quente que me faz esquecer toda a merda que vivi naquela manhã.

— Paula?

Ouvi uma voz masculina enquanto admirava o quadro a uma distância segura, já que, provavelmente, ele valia mais do que o meu rim. As pinturas de Leandro eram avaliadas em pequenas fortunas.

— Que droga, Paula!

A voz surgiu novamente, ainda mais nítida e mais ríspida, se é que poderia dizer isso. Desviei os olhos das cores que me aprisionavam, e procurei à minha volta o dono da voz.

A mulher que havia me recebido na porta agora estava ao meu lado.

— Estou aqui — disse ela ao passar por mim.

Um homem estava parado, em frente à porta que eu observara minutos antes.

— Cadê a garota com a minha agenda, passagens e itinerário?

O homem sequer olhou para mim. Na verdade, achei ótimo, pois eu estava petrificada diante do que via.

— Ela pediu demissão ontem, Leandro. Eu te avisei hoje pela manhã.

O rosto dele mudou de expressão; ele parecia ter se lembrado.

— Já contratou outra? — perguntou.

— Marquei algumas entrevistas.

Troquei o peso do meu corpo de pé. Passei as mãos pela calça, limpando o suor que brotava delas. Acho que não era um bom dia para estar naquela casa. *Bem, eu tinha certeza disso!*

Involuntariamente, suspirei. Foi então que ambos me olharam como se eu tivesse cometido algum pecado. Amaldiçoei o fato de não ter visto nenhuma foto de Leandro Franz. Sabia que ele era jovem, mas não imaginava que fosse tão lindo. Era alto, com uns 20 centímetros a mais que eu. O cabelo levemente despenteado tinha uma cor difícil de definir. Seria castanho? Ruivo? Estava mais para a segunda opção. As sobrancelhas eram desenhadas quase em linha reta, dando a ele um ar sombrio. A barba tinha o mesmo tom do cabelo. Os pelos tomavam boa parte do seu rosto, mas não escondiam os lábios avermelhados. A camiseta azul-turquesa contornava os músculos definidos; era como um presente pronto para ser desembrulhado. Para completar, usava calça cargo e All-Star.

Meu Deus! Onde estava o meu ar?

— O gato comeu sua língua? — perguntou ele, ríspido. — Onde você conseguiu essa aí, Paula?

Pisquei uma, duas, três vezes, até que meu cérebro conseguiu processar que Leandro falava comigo. Pensei em pedir que repetisse a pergunta, mas Paula respondeu antes:

— Não, Leandro. Eu avisei que a menina da faculdade estava esperando.

Sim, Josi tinha razão: eu estava bem ferrada.

Ele desviou os olhos de mim, eu estava petrificada, me sentia uma das esculturas da sala. Por pouco, não levantei a perna e fiz biquinho para espirrar a água da fonte.

— Dobre o salário, Paula — continuou ele. — Não acredito que de hoje para amanhã você não encontre alguém que saiba ler e escrever para ser minha assistente. Pelo salário que pagamos, poderíamos contratar até um Ph.D.

De repente, tive uma ideia. Estúpida, é lógico, mas era uma ideia.

— Eu posso me candidatar. Tenho interesse na vaga e sei ler e escrever. — Tentei brincar, mas imediatamente me encolhi e olhei para o chão.

— Como é que você se chama mesmo? — perguntou Leandro, me encarando, incrédulo.

— Alice — respondi, tremendo.

— Vamos fazer um mês de experiência. Se quiser, tem um quarto disponível para você. A minha casa é afastada, e eu odeio atrasos. E tem uma coisa que odeio mais do que atrasos: desculpas. Viajamos amanhã para São Paulo. Esteja aqui às oito horas. A Paula vai te passar todas as suas funções. Espero que aprenda rápido, Alice. Não tenho paciência para ensinar.

A cada palavra que ele pronunciava, eu entendia porque a antiga assistente pediu demissão. Leandro era praticamente um ditador, e, se já não estivesse desesperada, eu teria mandado ele se foder antes de sair dali correndo. Mas, além de precisar dele para o projeto da faculdade, a possibilidade de um salário atrativo realmente me interessava.

— Sim, senhor.

Ele parecia muito jovem para receber aquele tratamento, mas não consegui chamá-lo de você. A verdade era que eu estava apavorada.

Quando percebi que ele ia sair, resolvi perguntar sobre a entrevista:

— Sobre a entrevista... hum... marcada para hoje?

Desde quando eu gaguejava?

— Ah, isso? — respondeu ele, com desdém. — Conversamos na viagem.

Virou-se e saiu. Apenas isso, sem maiores explicações.

Quando ele finalmente saiu, voltei a respirar.

Paula agora me olhava com um sorriso que antes não estava em seu rosto.

— Bem-vinda ao inferno. Espero que dure mais do que a última. Uma semana tem sido o recorde por aqui.

Senti um calafrio, em parte, pelo alívio que sentia por ter encontrado um emprego que parecia pagar bem e um lugar para morar temporariamente até resolver o que fazer; em parte, pelo medo do que estava por vir. Não estava preparada para ser arrastada para dentro do pesadelo Leandro Franz; já tinha minhas próprias assombrações.

Paula mandou o motorista me levar em casa, um dos benefícios do meu mais novo emprego. Ela também explicou quais seriam as minhas funções. Basicamente, cuidar da agenda de Leandro. Responder e-mails, fazer e atender telefonemas, marcar reuniões, enviar notas para a imprensa sobre suas obras e exposições, além de acompanhá-lo a praticamente todos os lugares. Parecia fácil demais.

Quando o motorista pediu meu endereço, o baque do que acontecera de manhã me abateu. Não sabia o que encontraria quando chegasse ao meu apartamento, mas sabia quem eu não queria encontrar.

Assim que Marcos, o motorista, estacionou na porta do prédio, eu olhei pela janela e respirei fundo, buscando coragem para enfrentar Maurício.

— Tudo bem, Alice?

— Pode me esperar dois minutos e depois me deixar em outro endereço?

O motorista me encarou através do espelho e sorriu. Ele era jovem, 30 anos, no máximo. Loiro, olhos castanhos, sem barba.

— Claro, Leandro me disse para ficar à sua disposição.

Fiquei surpresa pela intimidade com que tratava o nosso chefe intragável.

— Você o conhece bem?

Mais um sorriso.

— Desde que éramos crianças. Olha... — Ele se virou no banco, me encarando. — Você deve ter tido uma péssima primeira impressão.

— Como sabe?

— Eu conheço Leandro como a palma da minha mão. Só não desiste de cara, ok?! Quando as pessoas o conhecem de verdade, até passam a gostar dele.

Fiquei muda, duvidava de que fosse verdade.

— Vamos lá! — disse antes de abrir a porta e descer do carro.

Cheguei ao apartamento em poucos minutos. Assim que a chave girou na fechadura, meu coração disparou. *Como tudo podia mudar em apenas um dia?*

Eu amava o Maurício e tinha construído sonhos baseados em uma mentira. Fiquei parada, ali na sala, tentando descobrir quando tudo tinha ruído. Onde eu estava que não vi acontecer?

— Amor, você voltou?

Foi dolorido escutar a voz do homem a quem confiei o meu futuro. A dor rasgou meu peito, e tudo que eu desejava era sair dali.

Passei por ele sem olhar.

— Por favor, amor. Deixa eu tentar explicar?

Não respondi, não conseguiria fazê-lo sem perder a cabeça. Maurício tinha destruído meus sonhos, mas não conseguiria acabar com a dignidade e o amor-próprio que ainda me restavam.

Peguei uma mala e comecei a colocar as roupas dentro dela. Não olhava para Maurício, que falava sem parar. Quando passei ao seu lado, a caminho do banheiro, ele segurou o meu braço. A raiva reverberou por meu corpo, e, pela primeira vez naquela noite, eu o encarei. Acho que ele percebeu toda a raiva que eu sentia no meu olhar, pois me soltou imediatamente. Peguei tudo de que precisava, e saí.

As portas do elevador se abriram na portaria, e vi Maurício, que havia descido correndo pelas escadas.

— Alice, por favor, me escuta. Era só sexo, amor. Eu te amo.

Andei depressa, praticamente corri até a saída. Eu não queria escutar. Era humilhante demais. Doloroso demais.

Marcos estava recostado no carro quando me viu. Olhei para ele, implorando que me ajudasse. E o meu mais novo colega de trabalho entendeu minha súplica, pois abriu a porta do carro para eu entrar.

— Quem é esse idiota, Alice? — gritava Maurício. — Você vai se arrepender. Escreve o que estou falando. Sai desse carro agora ou não terá mais volta.

Marcos deu a volta e também entrou no carro.

— Por favor — supliquei, enquanto Maurício batia na janela. — Me tira daqui.

Marcos arrancou e suspirei, aliviada. Mandei uma mensagem para Josi perguntando se poderia passar a noite em sua casa. Na mesma hora, ela respondeu que sim e passei o endereço para Marcos.

O silêncio no carro era constrangedor, por isso, resolvi tentar me explicar:

— Eu... é... aquilo foi...

— Tudo bem, Alice. Não precisa se explicar. Amanhã pego você às sete.

Marcus parou o carro e agradeci antes de descer com a pequena mala. Josi me esperava no portão. Corri até ela, que me recebeu com um abraço.

Enfim consegui chorar.

— Não se segura, querida. Chorar não é fraqueza. É sinal de que você sente, e sentir é bom. Te faz humana, acima de tudo. Chora...

CAPÍTULO 03

PELA MANHÃ, MINHA CABEÇA PESAVA PELA NOITE MAL DORMIDA.

Apesar da dor de cabeça, eu estava mais calma. Sentia que as coisas aconteceriam como tinha que ser. Tentava ver o lado positivo, pelo menos, eu tinha descoberto que Maurício não valia o chão que pisava antes do casamento. Porém, mesmo sabendo que não haveria volta, decidi que ligaria para meus pais apenas quando voltasse de viagem. Agora precisava focar no projeto da faculdade e na oportunidade de trabalho que conseguira. Meus pais me encheriam de perguntas, não precisava disso.

Assim como combinado, Marcos chegou por volta das sete da manhã. Achei que íamos para a mansão, mas ele me avisou que Leandro já me esperava no aeroporto. Marcos não comentou nada sobre o dia anterior, e eu, silenciosamente, agradeci.

Não sabia o que me esperava, então, me vesti de forma casual. Calça jeans, botas e um blazer com cachecol vermelho. O clima em Curitiba estava agradável.

Marcos me entregou um envelope a pedido da Paula, antes de me deixar na área de embarque. Dentro dele estavam algumas instruções, além das passagens e do voucher do hotel em que me hospedaria.

Leia todos os e-mails de Leandro e pergunte a ele o que responder.

Anote nomes e telefones das pessoas com quem ele se reunir. Isso é muito importante. Você participará de todas as reuniões e deverá tomar nota de tudo que achar relevante.

Se ele marcar alguma reunião, anote.

Se ele desmarcar algum encontro, anote.

Você é a memória dele de agora em diante. Anote tudo!

Isso seria fácil.

Atravessei o saguão do aeroporto enquanto digitava no celular o login e a senha do meu novo e-mail de trabalho. Além do e-mail de confirmação do voo, não havia nenhum outro. Ou seja, ainda não estava na hora de começar a trabalhar.

Fui direto para o portão de embarque e procurei por Leandro. Então, eu o vi sentado. Eu me aproximei devagar, observando não só Leandro, mas também a mulher que estava sentada ao seu lado. Ela praticamente se jogava em cima dele, claramente se insinuando. Mas Leandro parecia alheio, olhando para a frente, encarando o nada, enquanto a mulher gesticulava sem parar. Foi então que ele me viu. E manteve a expressão. O maxilar travado, as sobrancelhas retas, nenhum sinal de sorriso. Porém, seus olhos o traíram, pois percebi que me olhava aliviado. Ele disse algo à mulher e se levantou.

Esperei que ele se aproximasse. Assim como eu, Leandro usava jeans, camisa e blazer. Segurava uma pequena pasta marrom na mão, que me estendeu assim que me alcançou. Era um laptop.

— Você tem alguns e-mails para enviar quando chegarmos.

— Bom dia, Leandro. — Como era antipático. Será que tinha dormido tão mal quanto eu?

— Bom dia, Alice. Dormiu bem? — respondeu irônico. Era visível o seu mau humor, então, evitei puxar conversa.

Durante o voo, Leandro me entregou uma agenda. Segundo ele, ali estava tudo que aconteceria durante a semana. Ele pediu que eu ficasse atenta aos horários e que não me esquecesse de avisá-lo quando seriam encontros informais ou reuniões.

Não teríamos muitas reuniões. Havia apenas duas marcadas para o dia seguinte e outra, na quinta-feira, véspera da viagem de volta a Curitiba, que seria com uma entidade filantrópica. Na agenda não dizia qual, por isso, fiquei extremamente curiosa. Leandro não me parecia o tipo de cara que ajudava os pobres e oprimidos. Ele também tinha dois jantares com mulheres. Fiquei intrigada. *Seriam encontros amorosos?* Balancei a cabeça em negativa. *Foco, Alice.*

— Algum problema? — perguntou Leandro.

— Não — respondi com um sorriso forçado.

Tirando o fato que estou tentando imaginar como é sua vida amorosa, não, nenhum problema.

Desembarcamos, e, em seguida, um táxi nos levou até o hotel. Fiquei pensando que seria mais fácil alugar um carro, já que estaríamos na cidade por quase uma semana, mas quem era eu para questionar. Estava ali apenas para ser sua agenda em forma de gente.

— Não temos compromisso hoje. Pode descansar ou, sei lá, fazer o que quiser — disse assim que fizemos o check-in.

— Muito gentil de sua parte — murmurei assim que ele virou as costas.

Leandro era uma incógnita para mim. Sempre fui boa em decifrar as pessoas, mas, desde o dia anterior, vinha questionando esta capacidade. Se tivesse que descrevê-lo, talvez dissesse que ele não passava de um riquinho arrogante, mas sentia que não era só isso. Se descobrisse o que Leandro escondia por debaixo daquela carranca, talvez escrevesse o melhor livro da turma.

Já no quarto, resolvi fazer uma pesquisa mais profunda sobre ele. Mas não encontrei nada além do que eu já sabia. Ele começou a pintar aos 14 anos, nos Estados Unidos, e, aos 20, negociou uma de suas pinturas, denominada Indecifrável, pela bagatela de 250 mil dólares. De lá para cá, ficou conhecido como o mais jovem gênio brasileiro da arte moderna.

Estava mais para pesadelo moderno.

Os sites não mencionavam a infância de Leandro no Brasil. Como foi parar em outro país, quem eram sua família e amigos. Anotei que esse era um tema no qual eu teria que me aprofundar. A infância de Leandro. O nascimento do gênio.

Além das cores era o nome da exposição que aconteceria em uma luxuosa galeria em São Paulo. O nome me instigava, pois, mesmo não entendendo muito sobre arte, eu sabia que um artista nunca era apenas um artista. Suas obras revelavam sentimentos que não conseguia segurar dentro de si. Um escritor não escreve apenas por escrever. Não importa o que escreva, há sempre algo além das palavras. Também acredito que há algo por trás das telas de Leandro. Cliquei no site da galeria e observei as imagens das obras expostas. Eram vinte quadros. Tudo era lindo. A forma como as cores se harmonizavam causava sensações diferentes em mim. Hora me faziam querer sorrir, hora me deixavam inquieta.

Estava tão empolgada com a minha pesquisa que nem saí para almoçar. Pedi o serviço de quarto e comi enquanto vasculhava ainda mais a vida e o trabalho de Leandro.

Aluísio Scherer, CEO da empresa Supreme Color. Anotei na agenda o nome do dono de uma das maiores empresas de tintas da América Latina. O cara queria fazer uma coleção de cores inspiradas na obra de Leandro. Fiquei impressionada enquanto discutiam o projeto e, mais ainda, com o preço final da negociação. Com um dinheiro daquele, eu colocaria fonte na casa inteira, não apenas na entrada. Além de mim e de Leandro, dois advogados que os representavam também estavam presentes.

Deixamos a sala de conferência do hotel quase na hora do almoço.

— Por favor, mande buscar meu terno para passar. Preciso dele perfeitamente alinhado hoje à noite.

— Oh, meu Deus! — Não consegui segurar meu espanto. Tinha acabado de descobrir que estava ferrada, pois havia me esquecido que um evento daquele porte exigia uma roupa à altura. E eu havia trazido somente terninhos. *Burra!*

— Você se expressa muito bem, Alice. Fico feliz que seu vocabulário seja tão extenso.

Eu não podia culpá-lo por seu sarcasmo, pois eu mesma estava horrorizada com a minha atitude.

— Desculpe. Eu preciso sair para comprar algo para vestir. Fui pega de surpresa.

— Paula não avisou sobre o evento?

— Ela deve ter esquecido.

Paula não havia mencionado nada. E, mesmo que tivesse, as roupas que eu tinha em casa não serviriam para muita coisa.

Leandro me encarou de cima a baixo, me deixando inquieta. Eu me sentia estranha desde que o tinha conhecido, e agora me sentia incomodada com a intensidade do seu olhar.

— Providencie o vestido, e eu pago.

— Não é necessário.

Relutei enquanto entrávamos no elevador.

— Vamos deixar algo bem claro, Alice. Isso não é esmola ou favor. Você é minha funcionária. Estará ao meu lado durante todo o evento de hoje, e eu prefiro que esteja vestida à altura. Então, compre a porra do vestido e eu pago.

Olhei para ele, analisando sua postura. Leandro não media esforços quando o assunto era ser antipático. Começara a vislumbrar o quão difícil seria trabalhar para ele. Mas, se ele fazia tanta questão, eu é que não ia gastar meu dinheirinho suado apenas para confrontá-lo.

— Entendo perfeitamente — respondi. — Roberta pediu uma confirmação sobre o jantar de hoje.

Achei melhor mudar de assunto. Roberta era uma das mulheres com quem ele ia jantar, mas, pelo visto, ela não era uma prioridade, pois em seu e-mail, ela afirmou que Leandro não retornava suas ligações.

— Responda a ela que tenho outros planos e desmarque.

As portas do elevador se abriram, e eu saí, dando as costas para o homem que sequer despachava suas mulheres sozinho.

Qual era a porra do problema dele?

Tomei um banho rápido e fui direto ao shopping. Comprei o vestido na primeira loja que entrei. Um vestido preto, estilo tubinho, que ia até os joelhos. De crepe de seda, era todo fechado, com um detalhe rendado no decote. Ficou perfeito. Sóbrio e elegante. Com um pretinho básico não havia como errar. Paguei com o cartão de crédito, depois de quase ter um mini-infarto com o valor. Até cogitei escolher outro, mas, dane-se, Leandro foi bem claro quando disse que queria que eu usasse algo à *altura*. Estava ali um vestido que não faria meu chefe passar vergonha ao meu lado.

CAPÍTULO 04

LEANDRO ME ENCARAVA INDISCRETAMENTE, E, PELA PRIMEIRA VEZ, NOTEI UMA EXPRESSÃO DIFERENTE EM SEU ROSTO.

Fiquei surpresa com a reação dele. Se havia gostado ou não do vestido, ainda não sabia. Ele era indecifrável.

— Podemos ir — falei assim que o alcancei na porta do lobby.

— Bela escolha.

— Obrigada!

Queria dizer que ele estava lindo. Se Leandro era bonito vestido de jeans, era perfeito de terno. Era impossível não notar sua beleza. Não era algo que pudesse ser ignorado.

Na porta do hotel, um carro luxuoso nos esperava. Conferi a bateria do celular e depois o guardei na bolsa. Precisava dele para anotar tudo que fosse necessário durante a noite. Dentro do carro, senti o perfume de Leandro, que me deixou inebriada.

— Podemos jantar depois do evento, assim conversamos um pouco mais sobre o seu projeto.

Quase engasguei com a proposta. *O que um vestido não faz!*

— Seria ótimo. Tenho certeza de que renderá uma ótima biografia.

Ele sorriu.

Ah meu Deus! Ele sorriu.

— Não tem muita coisa para saber sobre mim. Não sei por que aquele idiota do Juliano me fez aceitar dar essa entrevista.

— Você o conhece há muito tempo? — perguntei, perplexa. Sabia que meu professor conhecia Leandro, eram amigos, mas a diferença de idade entre eles era grande, então não fazia ideia de que se conheciam há tanto tempo.

— Ele foi meu professor, antes de eu me mudar para Nova York. Quando retornei ao Brasil, voltamos a nos encontrar e ficamos amigos.

— Chegamos — avisou o motorista.

Nos encaramos por alguns momentos, até que desviei o rosto, tentando dissipar o desconforto. Eu não sabia o que estava acontecendo, mas a mudança de Leandro era nítida. Eu não podia acreditar que o motivo fosse um vestido.

O motorista abriu a porta, e desci antes dele. A galeria, assim como nas fotos, era lindíssima. Estava iluminada e pronta para receber o artista da noite. Vários fotógrafos e convidados aguardavam na entrada principal. Todos os flashes se voltaram para Leandro assim que ele saiu do carro. Tentei me afastar, mas ele me segurou pela cintura, me conduzindo até a entrada. Olhei para ele sem saber como agir, então, ele se aproximou do meu rosto, tirando o ar que ainda me restava.

— Esqueci de avisar que você dispensou minha acompanhante para esta noite, então, terá que trabalhar em dobro.

Respira, respira, respira.

Sorri, dando alguns passos tímidos, guiada por ele.

Leandro parou para algumas fotos, e senti que se retraía com cada flash. Alguns jornalistas fizeram perguntas sobre a exposição, mas Leandro desconversou, afirmando que mandaria um *press release* por e-mail. Entramos na galeria, e fiquei impressionada com a imponência do lugar.

O curador da exposição nos recebeu. Era um homem de meia-idade elegante, que encarou Leandro com um sorriso.

— Seja bem-vindo, Franz. Espero que tenha ficado exatamente como gostaria.

— Tenho certeza de que sim, Antony. Quero que conheça a minha assistente, Alice Schneider, uma brilhante estudante de Letras com um futuro promissor. Ela está escrevendo a minha biografia.

Minha voz desapareceu; eu não conseguiria pronunciar uma única palavra depois do que ele disse.

— Parabéns, minha jovem. Escolheu um ótimo curso. Tudo na vida começa com as palavras. Mas tenho que confessar: impressionante a sua coragem ao escolher Leandro como tema do seu livro.

Estendi a mão para cumprimentar Antony.

— Muito prazer! Obrigada, mas tenho que discordar. Não há melhor artista para biografar do que Leandro Franz.

Eu não sei por quê, mas senti necessidade de defendê-lo, por mais que ele não merecesse.

— Leandro exaltou suas qualidades acadêmicas, mas tenho que dizer que, além disso, você também é uma mulher belíssima.

Corei até o último fio de cabelo.

— Contenha-se, Antony — disse Leandro, um pouco ríspido.

— É apenas um elogio.

O homem pareceu se divertir com a reação do meu chefe.

Fingi que não havia notado o que acabara de acontecer. Tentava tratar tudo com normalidade, mas a verdade era que eu estava apavorada. Era muita informação para alguém que há poucos dias trabalhava em uma floricultura e era apaixonada por um cara que a traiu com sua futura madrinha de casamento.

Alguém pare o mundo, pois tem algo muito errado acontecendo.

De repente, o celular começou a vibrar insistentemente na bolsa.

— Com licença — pedi antes de me afastar.

O número que piscava no aparelho era desconhecido, por isso apenas ignorei a ligação. Quando levantei o rosto, Antony não estava mais ao lado de Leandro, mas sim uma mulher loira, alta, usando um vestido longo vermelho, que me fazia parecer a gata borralheira. Fiquei parada onde estava. Não quis interromper, a conversa parecia séria, pois Leandro já exibia a habitual carranca. O garçom parou próximo a mim e me serviu uma taça de champanhe. Era tudo do que eu precisava!

Eu me virei para o quadro que estava à minha frente, o *Estrelas esquecidas*. Não havia céu nem estrelas, apenas o contraste de vários tons de azul.

— Tinha 12 anos quando pintei esse.

A voz de Leandro me assustou, e por pouco não deixei a taça cair. O tom não era ríspido como antes, era sedutor e fazia todos os pelos do meu corpo se arrepiarem.

— Incrível! Com 15 anos eu nem sabia o que queria da vida, de tão perdida que estava.

— Você estudou ciências biológicas, certo?

Meu queixo caiu. Como ele sabia?

— Exato! Mas a literatura falou mais alto e minha vontade de mergulhar nos livros e nunca mais sair de lá também. Quando estou lendo, o mundo para, a vida do lado de fora para, e tudo passa a acontecer dentro das páginas. É mágico.

— Pretende ser escritora quando se formar?

Essa era uma pergunta que sempre me deixava ansiosa. Eu não sabia se tinha imaginação suficiente para produzir longas histórias. Ser escritor é muito mais do que colocar um punhado de palavras no papel, é dar vida a algo que ainda não existe.

— Ainda não sei bem que caminho seguir. Eu quero escrever, apenas, seja o que for. Ser escritora seria a realização de um sonho. Ler é magia, e escrever é um milagre.

Por alguns segundos, eu apenas o observei. Aquele não era o Leandro que conheci há dois dias. Ele parecia mais humano, menos tenso, e eu me perguntava o que havia mudado. Devia ser um caso de bipolaridade, era a única explicação.

— Farei o discurso de abertura, e podemos ir.

Ir? Como assim? Não fazia nem meia-hora que havíamos chegado.

— Tem certeza?

— Sim. Não sou muito sociável, você já deve ter percebido isso. E estou com fome. Fiz reserva em um restaurante que gosto muito.

Fiquei surpresa.

— Esse trabalho não deveria ser meu?

Ele negou com a cabeça e me deu um de seus sorrisos tímidos. Era tão sutil que a maioria sequer notaria que se tratava de um sorriso. Mas eu percebia. Era tão lindo que me tirava o fôlego.

— Considere uma folga.

Estava encantada. Essa era a expressão correta, mas não poderia me deixar levar por aquele lado de Leandro, pois, com certeza o Senhor Pesadelo voltaria em breve.

Meu celular deu o ar da graça mais uma vez.

— Desculpe!

— De novo?

Bem, lá estava ele novamente. O ar sombrio, as sobrancelhas retas, a cara de quem comeu e não gostou. Maldito celular. Abri a bolsa rapidamente e ignorei a chamada sem nem ver quem era.

Quando voltei o olhar para Leandro, vi que observava o *Estrelas esquecidas* com certa melancolia. O azul de seus olhos brilhava intensamente. Sim, havia algo por trás daquelas cores que mexia com ele. Sorri quando ele me encarou antes de caminhar em direção ao pequeno palco montado no centro da galeria. Imediatamente, os convidados voltaram sua atenção para a estrela da noite. Eu fiz o mesmo.

— Gostaria de agradecer a presença de todos e dizer que é uma honra enorme inaugurar esta exposição aqui em São Paulo. *Além das cores* nunca esteve tão em casa quanto agora. Espero que gostem, obrigado!

Todos aplaudiram, e, quando desceu do palco, Leandro cumprimentou diversas pessoas. Os convidados não paravam de se aproximar. Ele parecia inquieto, desconfortável. *Não sou muito sociável.* Lembrei-me de suas palavras, então, percebi que aquela era uma boa hora para alguém resgatá-lo. Leandro estava cercado por algumas pessoas, a maioria mulheres, que praticamente se jogavam aos seus pés.

— Com licença, Sr. Franz. Poderia me acompanhar por um momento?

Vi quando Leandro suspirou, aliviado.

— Obrigado pela presença de todos.

Leandro colocou novamente a mão na base da minha cintura, conduzindo-me entre as pessoas. Ele acenou para Antony, que conversava com outro grupo de pessoas, e fomos direto para a saída. O mesmo carro que nos trouxera nos aguardava. Leandro abriu a porta, e eu entrei, sendo seguida por ele. Parecia que estava fugindo. Era estranho ver um jovem tão famoso agir daquela forma.

Havia algo errado com Leandro Franz, e eu ainda não fazia ideia do que era.

CAPÍTULO 05

O RESTAURANTE ERA PERFEITO.

Fiquei imaginando se a reserva havia sido feita para o seu encontro com a tal da Roberta. Leandro deve ter percebido minha frustração.

— Algum problema, Alice?

Me acomodei na cadeira e não consegui mentir para ele.

— Você e a Roberta iam jantar aqui?

No momento em que as palavras saíram da minha boca, eu me arrependi. *Não é da sua conta.* Se ele respondesse isso, talvez assim eu aprendesse a manter a boca fechada.

— Não!

Ufa! Uma onda de alívio me dominou.

— Fiz a reserva depois que você desmarcou meu jantar com ela.

— Por quê? — Eu não entendia de onde estava vindo essa onda de me meter onde não era chamada.

— Acabei de te contratar como minha assistente pessoal e não sei muito sobre você. E se você for uma psicopata?

Não contive a vontade de rir diante daquele comentário. Olha quem está falando sobre tendência à psicopatia. Um sujeito que exalava perigo por todos os poros de seu corpo.

— Não há muito o que saber sobre mim — repeti a frase que ele havia me dito mais cedo. — Sou do interior do Paraná e me mudei para Curitiba para fazer faculdade. Trabalhava em uma floricultura, mas fui despedida no mesmo dia em que nos conhecemos. — Ele me olhou surpreso. — A filha do meu ex-chefe voltou para casa, e ele não conseguiria manter as duas na empresa. Amo livros e sou apaixonada por romances históricos.

— Por isso queria escrever sobre Janete Lins?

— Parece que Juliano falou muito a meu respeito.

— Só o que perguntei. Sei ser muito persuasivo.

Os olhos de Leandro brilhavam.

— Sou apaixonada por romances históricos. Meu fascínio começou quando descobri Jane Austen e fui enfeitiçada. Ela é a fada das palavras.

— Namorado? — Leandro não fazia rodeios. Era sempre direto e sucinto. Um homem de pouquíssimas palavras.

— Eu era noiva, mas não deu certo — respondi, tentando disfarçar a tristeza.

Tudo que estava acontecendo me mantinha ocupada, mas eu estava ferida, e muito.

Naquele momento fomos interrompidos pelo garçom. Leandro pediu uma garrafa de champanhe e uma água.

— Sinto muito — disse assim que o garçom se afastou.

— Não sinta. Ele era um canalha.

Levantei a cabeça e observei o seu rosto. Parecia sincero; mais que isso, solidário. Será que Leandro já teve o coração partido?

— Faz muito tempo?

Não queria falar de Maurício, mas não consegui mudar de assunto. Eu me sentia bem conversando com Leandro.

— Três dias.

Ele me olhou surpreso.

— Você perdeu o emprego e o noivo no mesmo dia?

— Na verdade, se não tivesse perdido o emprego ainda estaria noiva. Voltei mais cedo para casa e o peguei transando com minha melhor amiga e futura madrinha de casamento na nossa cama.

Não acreditei que tinha dito aquilo no exato momento que o garçom servia o champanhe. Leandro tentava segurar o riso. *Maldito!*

— Já disse que você se expressa muito bem, não disse? Bom, pelo menos, agora o garçom terá algo para se distrair. Sua história é digna de novela mexicana.

Então ele sorriu. Um sorriso de verdade. Um sorriso que alcançou seus olhos e iluminou todo o seu rosto. Era a primeira vez que eu o via sorrir daquela forma. Estava presa naquele momento e desejei permanecer ali. O sorriso dele me aquecia.

Leandro parece ter percebido meu fascínio por ele, pois trancou-se novamente. Ele bebericou a água, e fiquei tentando adivinhar o que se passava pela sua cabeça.

— Não vai beber champanhe? — Eu quebrei o silêncio.

— Não, eu não bebo.

Uau! Aquilo era uma revelação e tanto.

Notando meu espanto, Leandro se adiantou.

— Já tive problemas com o álcool. O que vai pedir?

Olhei o cardápio e fiquei indecisa. Não estava acostumada com pratos tão refinados.

— Vou te acompanhar. Surpreenda-me — respondi.

Ele devolveu o cardápio ao garçom sem ao menos olhá-lo. Agradeci por sua sugestão, pois logo senti que teria uma das melhores experiências gastronômicas da minha vida.

Conversamos muito durante o jantar. Leandro me contou sobre sua temporada nos Estados Unidos e de como isso influenciou sua carreira. Falou sobre a exposição, sobre seu processo criativo e até sobre a mansão em Curitiba. Eu absorvia cada palavra que dizia com entusiasmo. Era como se estivesse descobrindo pouco a pouco aquele homem.

— E seus pais? Ficaram nos Estados Unidos? — Continuávamos conversando no carro, a caminho do hotel.

Depois dessa pergunta, a conversa se encerrou. Leandro emudeceu. Olhei para as minhas mãos e também fiquei em silêncio. Não sabia o que fazer diante daquela situação constrangedora. Foi então que meu celular vibrou novamente. Fechei os olhos e, por um minuto, cogitei não pegá-lo, mas desisti. Leandro havia me deixado falando sozinha mesmo.

Era uma mensagem de Maurício.

Amor, volta para nossa casa. Estou desesperado sem você.

Eu não acreditava no que lia. Maurício estava maluco se realmente acreditava que eu voltaria para ele depois de tudo que aconteceu. Todo o amor que sentia por ele estava se transformando em ódio; era tudo que conseguia sentir por aquele filho da puta.

— Vou trocar de número amanhã — avisei, pois Leandro me encarava incomodado.

— Ele é insistente.

— Idiota de achar que vou cair na lábia dele outra vez.

— Não posso culpá-lo por tentar.

Sua afirmação me deixou sem palavras. Leandro desviou os olhos para a janela e também ficou em silêncio. Estava começando a achar que não tinha sido um coração partido que o deixou tão estranho, mas sim algo relacionado à infância que ele fazia tanta questão de esconder.

Voltar para Curitiba depois de passar quase uma semana fora foi difícil. Não falei mais com Leandro sobre a entrevista desde a noite do jantar. Ele voltou a ser a pessoa intragável de sempre. Durante a última reunião que fizemos em São Paulo, Leandro questionou na frente de todos se eu realmente sabia o que estava fazendo. Fiquei furiosa, mas disfarcei. Não podia perder a cabeça, pois era exatamente isso que ele estava esperando que eu fizesse. E eu não daria o braço a torcer.

Marcos nos pegou no aeroporto e me levou direto para a casa da Josi. Contei a ela sobre a viagem, mas evitei falar muito em Leandro. Enquanto desfazia as malas, minha amiga também me contou que Maurício apareceu na porta dela, mas que ela nem sequer o deixou entrar. Quase morri de rir quando ela descreveu detalhadamente a cena de forma dramática.

Aproveitei o dia de folga e resolvi algumas pendências. Contratei um advogado para resolver a questão do financiamento do apartamento, que estava em meu nome. Eu tinha medo de que Maurício tentasse alguma coisa. Também voltei à Jardins & Cia para formalizar minha saída. Deixei para ligar para os meus pais por último; sabia que seria difícil contar a verdade, os dois tratavam Maurício como filho. Minha mãe começou a chorar, mas ambos me apoiaram. Eu me sentia de alma lavada. Não havia mais nada que me prendesse a ele. Finalmente, eu estava livre.

Liguei para Marcos no fim da tarde e pedi que ele me buscasse. Josi disse que eu poderia passar uns dias na casa dela, mas achei melhor não. Eu havia tomado a decisão de me mudar para a mansão e, se pensasse muito, principalmente nos últimos acontecimentos, eu desistiria. E isso seria inaceitável.

Paula me recebeu com mais gentileza, talvez pelo fato de eu ainda estar ali depois da viagem a São Paulo. Ela me mostrou o meu quarto, e eu fiquei surpresa: era maior do que o meu apartamento! Desfiz as malas e, quando terminei, tomei um banho demorado. Deitei na cama e liguei a televisão. Zapeei por alguns canais até que escutei um barulho. *Era o meu estômago.* Não havia comido nada durante todo o dia, então, vesti uma roupa qualquer e fui à procura de Paula. Ela não me dissera nada sobre as refeições, e eu não suportaria mais uma hora sem comer.

Parei em frente à grande porta de madeira ao ouvir a voz de Leandro. Ele parecia ler em voz alta, mas era difícil acompanhar o que dizia. Leandro parecia ter dificuldade em pronunciar as palavras. Ele gaguejava a cada fim de frase, recitando sílaba por sílaba pausadamente. A curiosidade me venceu mais uma vez e coloquei a mão na maçaneta, pronta para abrir a porta, mas uma voz me deteve.

— O que está fazendo aqui?

— Procurando a cozinha — respondi, assustada.

— Vem comigo agora — bradou Paula em voz baixa.

Quando girei meu corpo para segui-la, a porta se abriu. Leandro me encarava como se eu fosse um fantasma. Seus olhos estavam arregalados, e não consegui dizer nada. Eu estava apavorada.

— Estava mostrando a casa para Alice, Leandro. Mas já avisei que o escritório é uma área restrita e que você não deve ser incomodado quando estiver aí.

Em nenhum momento ele desviou os olhos de mim. Eu, apesar do pavor, também não recuei. Leandro usava camiseta e bermuda, parecendo ainda mais jovem.

— Então você veio?

— Sim. — Apenas concordei.

— Espero que esteja preparada.

Foi como um aviso. *Você tomou uma decisão errada. Corra enquanto há tempo.*

Ele bateu a porta e desapareceu atrás dela. Desejei que ele voltasse para me explicar o que queria dizer com aquilo, mas ele não voltou, e o silêncio invadiu aquele lugar enorme.

— Vem, Alice. — Paula puxou o meu braço. — Preciso te alertar sobre algumas coisinhas.

É, ela precisava, e a primeira delas, com certeza, seria *fique longe de Leandro Franz.*

CAPÍTULO 06

FIQUEI EMPOLGADA COM A PRIMEIRA TAREFA QUE LEANDRO ME DEU: ESCREVER UMA NOTA SOBRE A INAUGURAÇÃO DA EXPOSIÇÃO EM SÃO PAULO.

Tinha também que entrar em contato com vários jornais e sites para falar sobre o evento. Estava realizada por escrever profissionalmente.

De manhã, cuidava da divulgação da exposição. Depois do almoço, trabalhava na catalogação dos quadros. De noite, escrevia o primeiro rascunho da biografia do Leandro, que começava a tomar forma, embora houvesse vários pontos a serem esclarecidos. Eu precisava retomar as entrevistas.

Uma semana.

Já estava morando na mansão havia uma semana.

Era estranho estar em um lugar tão diferente, mas estava me adaptando bem à nova realidade. Raramente eu via Leandro, não sei como ele conseguia viver enclausurado. Conversava muito com Paula e Marcos, já que fazíamos as refeições juntos. Tentei arrancar algo deles sobre a infância de Leandro, mas ambos sempre desviavam do assunto.

— Essa é uma história que apenas ele pode te contar — disse Marcos.

— Se é que um dia vai contar — completou Paula.

Estava claro que Leandro escondia um segredo.

— Contar o quê?

O café respingou na minha camiseta com o susto que levei. Leandro entrou na cozinha e sentou-se à mesa. Pegou uma maçã na fruteira, e meus olhos grudaram em sua boca enquanto ele mordia a fruta. Confesso que comecei a pensar algumas besteiras. *Como gostaria de ser aquela fruta.* Não sabia de onde vinham esses pensamentos. Quero dizer, sabia sim. Apesar de grosso, Leandro era um homem lindo e sexy, impossível não desejá-lo. Acontece que ele estava fora dos limites para mim por dois motivos: eu havia acabado de terminar um noivado e Leandro era o meu chefe. Simples assim. *Ou seja, Alice, controle-se.*

— Estava contando como minha amiga enxotou meu ex-noivo da sua casa.

Leandro, inesperadamente, sorriu.

— Ele deve ter merecido.

Paula e Marcos estavam boquiabertos, tão espantados quanto eu. Bem, parece que o Leandro *bonzinho* estava de volta. A dúvida era: por quanto tempo?

— Como está a agenda de amanhã? — questionou, olhando diretamente para mim.

— Pela manhã, vou catalogar suas telas novas e, no fim da tarde, você tem um encontro com Pierre.

Pierre era um empresário italiano que queria comprar algumas pinturas de Leandro.

— Você vai comigo?

Fiquei sem saber o que responder. Sexta-feira eu costumava ir com o pessoal da faculdade a um barzinho próximo ao campus. Seria a primeira vez que sairia depois do meu rompimento com Maurício. Josi estava animada, disse que arrumaria um gatinho para aliviar minha depressão pós-chifre.

Diante da minha hesitação, Leandro ergueu uma sobrancelha. Eu já o conhecia mais do que gostaria.

— Se for mesmo preciso.

Ele sorriu, como se aquilo fosse um sim. Levantou-se da cadeira e deixou sobre a mesa a metade da maçã. A língua dele deslizou pelos lábios, secando o sumo da fruta que ficou em sua boca.

— Preciso de você comigo — afirmou, dando uma piscadela.

Espera aí, eu entendi direito? Leandro disse aquilo com segundas intenções ou eu realmente estava viajando?

Ele saiu, e a única coisa que consegui pensar era que estava perdendo meu juízo. Paula e Marcos me encaravam como se tivesse nascido um terceiro olho em minha testa. Ele não parava de rir; ela parecia abismada.

— O que foi? — perguntei. — Ele deve ter acordado de bom humor. Todo mundo tem dias bons e ruins.

— Acontece, querida, que antes de você chegar a essa casa, só tínhamos dias ruins — disse Paula com ironia.

— Vai, chefinho! Vai, chefinho! — debochou Marcos.

— Você é um perfeito babaca, sabia?! — Joguei o guardanapo nele, que desviou, ainda com um sorriso idiota no rosto.

Deixei os dois na cozinha e fui para o quarto. Não tinha o que fazer, já que Leandro fazia questão da minha presença. O problema é que as coisas estavam ficando estranhas demais. O pouco que eu o via já era suficiente para me desestabilizar. Estava encantada por Leandro. Tudo nele me fascinava, fosse positiva ou negativamente. Sua personalidade, seus segredos, sua genialidade, seu sorriso.

Eram cinco novas telas.

Leandro havia produzido cinco novas obras em uma semana. Pelo que entendi, ele andava mais inspirado do que nunca. Em todas as obras, ele tinha usado cores vibrantes. Eram as mais alegres que havia produzido. Elas pareciam refletir o *Leandro bonzinho* de ultimamente.

O estúdio ficava na parte de trás da casa. Através das grandes janelas era possível observar o jardim que rodeava a mansão. O lugar era amplo e iluminado, com espelhos em algumas paredes, sem móveis, apenas cavaletes e um ou outro armário com pincéis, tintas e telas em branco.

As novas telas estavam espalhadas pelo estúdio. Fotografei cada uma delas e anotei o tamanho e outras características em minha agenda. Leandro só não havia intitulado uma delas. Fiquei encarando os tons de amarelos, encantada com os traços da pintura. Embora abstrata como toda a obra de Leandro, a tela tinha uma singularidade que eu não conseguia explicar. Senti uma paz indescritível; era como o sol da manhã, os raios saíam da tela e penetravam a pele do meu rosto, aquecendo o meu coração. Respirei fundo e fechei os olhos. Abri os braços diante do quadro, absorvendo as sensações únicas que ele me causava, como se realmente estivesse diante do sol.

Fiquei assim por alguns minutos, até sentir que estava sendo observada. Abri os olhos, e Leandro me encarava. Estava ao lado do quadro, criador e criatura!

Imediatamente, meus braços caíram ao lado do corpo. Estava constrangida por ter sido pega em uma situação tão íntima. Não era nada de mais, mas não queria que ele tivesse visto o quanto ainda estava fragilizada por tudo que sofri.

Depois de duas semanas ao lado de Leandro, cheguei à conclusão de que seu cabelo era ruivo. Olhando para ele, ao lado do quadro, os fios bagunçados pareciam ainda mais vermelhos. A barba, no mesmo tom, o deixava ainda mais impressionante.

— Fico feliz que tenha gostado.

— É lindo — elogiei, tentando esquecer o meu constrangimento. — Qual o título dele?

Abri a agenda pronta para anotar o que ele me dissesse, porém, para minha surpresa, Leandro se aproximou e parou na minha frente. O perfume que usava embriagou os meus sentidos. Eu não sabia mais onde estava ou o que estava fazendo. Leandro me encarou intensamente, como se quisesse desvendar a minha alma. O azul dos olhos era tão brilhante que refletia a minha imagem. Sua boca se moveu, devagar. Eu não ouvia nada. Tudo ao meu redor estava em silêncio, como se eu estivesse em uma cena dos meus livros preferidos.

Ele ia me beijar!

Eu queria desesperadamente ser beijada por ele!

Isso era tão errado!

Minha boca se abriu, pronta para recebê-lo, mas de repente ouvi palavras que me trouxeram de volta à realidade.

— Está me escutando, Alice?

— Desculpa — balbuciei. — Eu fiquei pensando em... hummm... algumas coisas.

Ele sorriu, sabendo exatamente em que "coisas" eu estava pensando.

Jesus! Pode mandar o dilúvio, pois é o fim do mundo para mim.

— Pode repetir? — Usei toda a cara de pau que ainda tinha.

— Quer escolher um nome para ele? — A voz de Leandro era suave e gentil.

Engasguei.

Ele realmente queria que eu escolhesse? Talvez, só naquele momento, eu quisesse o Leandro *pesadelo* de volta. Pelo menos, eu já havia aprendido a lidar com sua arrogância; diferente daquilo, que me pegou totalmente desprevenida. Sabia como ignorar suas grosserias, mas não sabia como reagir quando era delicado. No entanto, diante de todas as suas nuances de humor, era uma das coisas que tinha que aprender. E rápido.

— Você parecia bem à vontade diante dele. Eu ainda não sei que nome dar, por isso pensei que talvez... — Ele deu de ombros, sem concluir o pensamento.

Foi minha vez de sorrir. Era uma gentileza e tanto da sua parte, ainda mais porque percebeu que o quadro havia me tocado.

Concordei com a cabeça, e ele sorriu. Saiu da minha frente, me deixando novamente de frente para a tela. Quando me virei para ele, seu rosto estava sério, mas não de uma forma intimidadora. Ele parecia apreensivo, como se estivesse à espera das minhas palavras.

— *Sol da manhã?!* — Minha resposta soou quase como uma pergunta, pois tive receio de ter dito uma besteira.

— Você sentiu isso? — Sua sobrancelha direita arqueou, junto com o canto da boca.

— Senti como se estivesse no interior, onde eu posso ver o sol nascer em meio às montanhas. Não sei explicar, mas a sensação é a mesma. É real!

Ele suspirou. Bem, acho que isso é o fim da minha carreira como *nomeadora de quadros*. Foi um desastre total.

Baixei o olhar, evitando encará-lo. O cheiro dele voltou a me invadir, e meu queixo foi levemente tocado por dedos gentis. Levantei a cabeça e encarei aquele homem misterioso que me deixava cada dia mais perdida.

— É perfeito!

Novamente meus lábios formigam pela sensação do quase beijo que nos rondava. Minhas pernas amoleceram. Leandro ainda me encarava, nunca deixando meus olhos. Várias possibilidades passaram por meus pensamentos, e todas envolviam a boca de Leandro na minha.

Então, ouvimos passos. Eu congelei no lugar assim que ouvi a voz de Marcos.

— Sinto muito se atrapalho. — Mesmo sem vê-lo, eu sabia que Marcos sorria. — O carro está pronto, Leandro.

Ele não se mexeu, e vi quando seu corpo inteiro se retesou.

— Leandro? — Ele me ignorou e saiu do estúdio sem ao menos me olhar.

Voltei a respirar, ainda tentando compreender o que tinha acabado de acontecer. Leandro e eu quase nos beijamos.

Perguntei a Paula se ela sabia aonde Leandro tinha ido, mas ela disse que não. Na agenda, não havia nenhum compromisso, além do encontro com Pierre. Fiquei curiosa, talvez fosse algo pessoal.

Terminei de catalogar as novas telas e arquivei todas as fotos no computador. Um sorriso de orgulho surgiu em meu rosto assim que registrei *Sol da manhã* entre os quadros produzidos por ele.

Eram três da tarde quando Leandro chegou acompanhado de Marcos. Os dois cochichavam quando entraram pela porta da mansão, mas, assim que me viram, se calaram. Leandro bonzinho havia desaparecido. Ele passou por mim sem dizer uma única palavra. Irritada pela mudança repentina de humor, resolvi chamar sua atenção antes que ele desaparecesse.

— Reunião com Pierre em duas horas — lembrei, um pouco autoritária.

— Obrigado, Alice. Mas, se eu quisesse alguém gritando meus compromissos pela casa, eu colocaria um lembrete no celular.

Deu as costas e sumiu. Olho para Marcos, que dá de ombros antes de desaparecer também.

Perfeito, Alice. Primeiro, você quase beija o seu chefe, depois, age como uma louca descontrolada.

Uma hora mais tarde eu já estava do lado de fora da mansão, aguardando Leandro. A reunião seria no hotel em que Pierre estava hospedado, no centro de Curitiba. Vesti uma calça social preta com camisa de seda também preta. Achei que a cor combinaria com o Leandro pesadelo. Coloquei saltos e prendi o cabelo em um rabo de cavalo bem alto. Pouca maquiagem e um brinco pequeno completavam o meu visual. Em minhas mãos, minha melhor amiga nas últimas semanas: a agenda. Tudo que eu sabia sobre Leandro estava naquelas páginas.

— O que está acontecendo entre vocês? — Dei um pulo quando ouvi a voz de Marcos atrás de mim.

Estava tão distraída que nem percebi ele chegando.

— Não está acontecendo nada — menti.

Sim, algo estava acontecendo, mesmo que eu não soubesse o quê.

— Não sou idiota, Alice. A tensão entre vocês dois é palpável. E, além do mais, eu nunca o vi assim. Você realmente deve ter mexido com ele.

Marcos sussurrou a última frase ao ver Leandro sair pela porta da mansão. Nosso chefe me encarou, os olhos me fulminaram. Marcos se afastou e abriu a porta do carro.

Leandro passou por mim em silêncio, depois de me analisar milimetricamente. Abriu a porta e, ao contrário das outras vezes, sentou-se no banco da frente. Marcos me olhou sem entender, e também entrei no carro. Eu realmente queria saber o que estava acontecendo.

CAPÍTULO 07

SETECENTOS MIL REAIS.

Minha boca ainda estava aberta. Era o valor que Pierre pagou por duas telas de Leandro. Eu não acreditei quando o advogado do comprador concordou com o valor exigido pelo meu chefe.

Foram praticamente quatro horas de negociação, mas, no fim, a obra de Leandro seguiria para uma grande galeria na Itália.

Assim que saímos da reunião, procurei Marcos, mas ele não estava na porta do hotel. Leandro se aproximou, ficando ao meu lado. Prendi a respiração, sua proximidade me desestabilizava.

— Eu o dispensei.

— Quem? Marcos? — perguntei um pouco surpresa.

Ele balançou a cabeça, confirmando.

— Pensei que poderíamos sair para jantar. — Eu estava perplexa; as mudanças de humor de Leandro me deixavam desnorteada.

— Você pode escolher o restaurante, em agradecimento pelo *Sol da manhã*.

Quase surtei! Tive vontade de bater de frente com ele, questionar o que estava acontecendo, mas desisti. Leandro não me devia satisfação, ainda que sua boca quase tivesse encostado na minha naquela manhã.

Aceitei o convite, mas resolvi que minha pequena vingança por suas súbitas mudanças de humor seria tirar Leandro de sua zona de conforto. *Que tal sacudir o mundo do homem das cores?!* Abri um sorriso e decidi que tinha um bom plano. Entramos em um táxi e informei o endereço ao motorista.

— É um bom restaurante?

Meu coração saltou do peito quando percebi o que estava fazendo, mas não recuei.

— Sim, é ótimo.

Ele sorriu, aquecendo mais uma vez meu coração.

— Alice, quando eu disse jantar, realmente pensei em algum lugar que servisse comida em pratos, e bebidas em copos que não fossem de plástico.

Eu não consegui segurar a gargalhada diante do espanto de Leandro.

Levei o meu chefe para o bar da faculdade. Estava lotado, como toda sexta-feira. Mandei uma mensagem para Josi dizendo que estava chegando, mas ela ainda não tinha respondido.

— Vai ser legal. Quem sabe você não se inspira para o próximo trabalho.

Ele me olhou, estarrecido.

— Duvido muito — desdenhou.

Encontramos uma mesa vazia e nos sentamos. Leandro levantou as duas mãos, como se tivesse se dado por vencido. Ele passou a observar o cardápio de uma forma estranha, franzindo a testa e mostrando todo o seu incômodo. Sabia que ele não estava acostumado com aquele tipo de lugar, mas não imaginava que acharia tão ruim. Ele passa uma mão pela calça, secando o suor. Vendo o seu nervosismo, resolvi interromper.

— O que vai querer?

Leandro demorou a me encarar, e, quando o fez, a carranca estava de volta.

— Vou te acompanhar esta noite.

Pedi ao garçom uma água para ele e cerveja para mim, além de alguns petiscos. Afinal, eu também era filha de Deus. Leandro ainda me encarava como se eu fosse uma louca. Eu estava agindo como uma, então, não poderia julgá-lo.

Estávamos próximos à pista de dança improvisada no centro do bar, e a música soava a todo volume. Imediatamente, me arrependi de ter levado meu chefe para aquele lugar. O que eu estava pensando? Eu tentava achar uma resposta lógica enquanto a cerveja gelada descia queimando por minha garganta. Leandro me observava sem dizer uma única palavra. Os olhos arregalados analisavam todo o lugar enquanto ele se mexia na cadeira. Leandro estava inquieto e apreensivo, e mais uma vez eu me arrependi do que fiz.

Olhei para o meu chefe e entrei em pânico.

— Com licença — pedi, antes de me levantar.

Eu me sentia tonta: ou a cerveja tinha subido rápido demais ou eu estava perdendo o equilíbrio diante da presença de Leandro. A última opção me parecia a mais plausível.

Assim que levantei, meu estômago embrulhou: Maurício e Lúcia estavam sentados em uma mesa próxima à nossa. Os dois estavam com pessoas que eu considerava nossos amigos. Colegas de faculdade, da academia, inclusive, Renan, o melhor amigo do meu ex, que parecia ser o único que havia me visto. Ele me olhou espantado quando passei por eles, a caminho do banheiro. Meu peito se apertou, mas tentei me controlar. Eu não queria que Maurício visse o quanto sua traição me fazia sofrer. Não queria que ele vislumbrasse em meus olhos toda a mágoa que havia me causado. Respirei fundo, tentando lidar com os sentimentos que me dominavam naquele momento: dor, raiva, fracasso. Por mais que me machucassem, eram sentimentos que me afastavam do passado. Não havia mais amor, paixão, ciúme ou esperança. Tudo que um dia senti havia se transformado em um grande buraco, mas eu ainda me sentia traída.

Fazia dez minutos que eu tinha deixado Leandro sozinho na mesa. Não era justo com ele. Eu teria que sair uma hora ou outra e encarar todos.

Tentei fazer o meu caminho de volta sem ser notada, mas não funcionou. Alexandre, um dos amigos de Maurício, me chamou assim que me viu passando. Ele sempre foi ingênuo demais; não deve ter percebido que não era uma boa hora.

Acenei para ele, e todos da mesa me encararam. Imediatamente, Maurício tirou a mão da perna da Lúcia e se levantou. Entrei em pânico, não teria tempo suficiente para escapar se ele viesse em minha direção. Lúcia, por sua vez, me olhou com tristeza. Por sorte, antes que Maurício causasse mais algum estrago em minha vida, Renan interveio. Ele segurou o amigo e o obrigou a sentar. E eu teria que lhe agradecer por isso.

Voltei para a mesa e encontrei Leandro na mesma situação. Uma de suas pernas tremia, e ele batucava os dedos da mão, impaciente. Pensei em ir embora, mas o encontro com Maurício tinha me tirado o ar. Precisava de um tempo para me recuperar.

— O que aconteceu, Ali? — perguntou Leandro.

Levei as mãos à cabeça e respirei fundo. Tinha que manter a calma e não podia deixar a raiva me descontrolar, mas era quase impossível, pois a ferida ainda estava aberta.

Estava tão perdida nos meus pensamentos que levei vários segundos para assimilar o que Leandro havia falado.

— Como você me chamou?

Vi o arrependimento em seu rosto, mas ele não recuou.

— Vi o Marcos te chamar assim. Achei que combina com você.

Ele sorriu.

O sorriso de Leandro era como um prêmio dado a poucas pessoas, por isso, quando ele sorria para mim, era como se mil borboletas voassem em meu estômago. Era genuíno e verdadeiro. Ele nunca sorria para agradar, suas demonstrações de afeto não tinham segundas intenções. Leandro, ao contrário de Maurício, era sincero e verdadeiro. Em suas duas personalidades.

Resolvi desabafar:

— Meu ex está aqui. — Leandro arregalou os olhos. — Com a menina com quem me traiu.

A expressão em seu rosto mudou. Primeiro, ele olhou para trás, tentando descobrir quem era Maurício. Não sei se percebeu, mas naquele momento ele olhava em nossa direção. Leandro colocou as duas mãos sobre a mesa e ficou assim por alguns segundos, sem dizer nada. O peito subia e descia com a respiração acelerada. De repente, se levantou, estendeu a mão e perguntou:

— Vamos dançar?

Pisquei algumas vezes, sem acreditar nas palavras que ouvia.

Segurei sua mão e levantei. Ele apertou a minha mão com força, como um sinal de que estava comigo e não me deixaria. Ao passarmos por Maurício, Leandro entrelaçou os dedos aos meus. E eu quase me derreti.

Caminhamos até a pista de dança, desviando das pessoas, e começamos a nos movimentar. Leandro me colocou de costas para ele, colando o corpo ao meu. Eu não sabia o que fazer, pois sua atitude me pegou de surpresa. Suas mãos pousaram em minha barriga, me apertando contra ele. Os lábios acariciavam meu pescoço, e as palavras sussurradas em meu ouvido eram como beijos.

— Eu te levo esta noite. Apenas se solte.

Foi o que eu fiz.

Relaxei e deixei que ele me guiasse. Esperava qualquer coisa, menos que ele fosse um dançarino maravilhoso. Seu corpo levava o meu como se fôssemos apenas um. Suas mãos deslizavam sobre mim, acariciando minha pele. Sentia arrepios constantes. Estávamos tão próximos. Uma de suas mãos segurou meu cabelo de forma bruta, inclinando meu pescoço para que seus lábios se aproximassem. O roçar de sua barba em minha pele era excitante e provocante.

Céus! Eu o queria tanto que sentia calafrios.

Não havia mais ninguém naquele lugar, apenas nós dois.

O desejo que sentia era tanto que comecei a rebolar contra ele.

Leandro gemeu, esfregando-se em mim. Pude sentir sua ereção, e aquilo fez minha respiração acelerar. Sua mão puxou de leve minha blusa, e os dedos atravessaram o tecido. Assim que senti sua pele na minha, foi minha vez de gemer. A sensação causada por um simples toque foi desesperadora. Eu me virei, e ficamos de frente um para o outro. Ele estava com os olhos fechados, a expressão era de pura luxúria, desejo. Segurei seu rosto e o beijei. O beijo que ansiava desde aquela manhã. Ele estava entregue. Aquele homem tão lindo e sombrio era todo meu naquele momento. Corpo e alma.

Ele retribuiu, segurando minha cintura e me puxando para mais perto.

Eu ia morrer.

O beijo começou intenso. Nossas bocas se colidindo com urgência. Gemi quando sua língua encontrou a minha. Leandro me segurou pela nuca, controlando os movimentos. Me deixei levar. Ele exigia tudo de mim. Minha boca, meus lábios, meu ar. Dei tudo a ele. Mordisquei seu lábio inferior e senti que ele estava cada vez mais excitado. Eu também estava. Eu o queria, e já não restavam mais dúvidas. Em um movimento involuntário, minha mão tocou sua ereção. Aquilo o fez despertar. Seus olhos se abriram e me encararam. Vi neles o mesmo vermelho de seus cabelos. Fogo... puro desejo. Leandro me observava como se eu fosse uma alucinação. Ele me queria, e eu ansiava por ele.

— É melhor a gente ir. — A voz contida me fez acordar. Era como se outro Leandro tomasse o corpo que antes me tocava com veneração. Não era ele. Suas palavras não condiziam com o seu olhar, com suas atitudes.

— É — respondi.

A decepção tomou conta de mim.

Toda a tensão sexual de segundos antes se dissipou. Leandro segurou minha mão novamente, e eu tentei me afastar, mas ele não deixou. Ele apertava meus dedos de uma forma que não havia como escapar. Passamos pela mesa do Maurício, mas eu não me importava se ele estava lá ou não. Meus olhos estavam grudados nas costas de Leandro, que me guiava friamente entre as pessoas, totalmente impaciente.

O *pesadelo* estava de volta.

CAPÍTULO 08

LEANDRO

O caminho para casa parecia mais longo que de costume. Eu não conseguia olhar para Alice sem perder o pouco do juízo que ainda me restava, por isso fiz o trajeto em silêncio. Parte de mim queria esquecer o que acabara de acontecer, mas a outra parte não poderia sequer pensar na possibilidade de ser esquecido por ela.

Quando chegamos ao bar, eu entrei em pânico. O som retumbava em minha cabeça. Tentava me concentrar, focar em Alice, mas era tudo muito difícil.

Porra! Porra!

Eu odiava aquela sensação. O fracasso tomando conta de tudo. Sentia-me impotente. E esse sentimento há muito tempo estava adormecido. Aprendi a não me importar com muita coisa. A restringir meu círculo de amizades. Estava cansado de me esforçar para agradar todo mundo, para ter uma vida normal, por isso, ter apenas empregados à minha volta funcionava muito bem. Eu não precisava fazer nada, apenas depositar os salários no fim do mês.

Porém, eu me surpreendi quando meu coração quase saltou do peito ao ver aquela menina na minha casa. Ela não percebeu que eu a observava enquanto admirava o meu quadro. Parecia ter sido transportada para a pintura, assim como eu me sentia quando pintava. Via em seus olhos a admiração que sentia pelas cores. As minhas cores! Aquilo me fascinou. Ela parecia entender a dor que senti ao pintar, cada sentimento que transpus para a tela. Eu fiquei olhando por um bom tempo, fascinado pelo brilho dos seus olhos ao seguir cada linha que eu havia pintado.

Eu sabia quem ela era. Sabia que era a estudante que ia escrever a minha biografia, mas não conseguia lembrar seu nome. Eu havia esquecido. Assim como esquecia endereços, telefones, reuniões e, sobretudo, palavras. Elas desapareciam a todo o momento sem que eu tivesse controle. Escapavam entre os buracos da minha mente. Eu não conseguia impedir. Por algum tempo, eu tentei, mas no fim, desisti e resolvi aceitar que eu nunca seria completo. Parte de mim sempre estaria esquecida.

A irritação por não conseguir lembrar me fez explodir, e agi como o idiota imprestável que eu era. Mas ela não se assustou, pelo contrário, revelou-se uma mulher extremamente corajosa. Depois que me contou sobre o canalha do ex-noivo, eu a admirei mais ainda. Sua força e determinação eram louváveis. Ela não olhou para trás, não se prendeu ao passado. Ela era vida pura.

Alice mexeu comigo desde o primeiro dia, e eu não sei como aceitei que ela ficasse. A verdade era que eu queria me sentir vivo também. Esquecer os fantasmas do passado e seguir em frente. Mas eu sabia que aquilo era quase impossível, meus monstros me perseguiam diariamente.

Eu agi mal. Muito mal. O que aconteceu hoje era a prova disso. Eu só queria que o imbecil percebesse o quão burro tinha sido ao traí-la. Quem, em sã consciência, trocaria Alice por outra?!

Quando eu a segurei nos braços e senti o seu corpo junto ao meu, o desejo explodiu dentro de mim. Fiquei louco! Eu só conseguia pensar em como seria abrir suas pernas e me enterrar tão profundamente em seu corpo que nada seria capaz de nos separar. Queria que ela me olhasse como olhava meus quadros. Que me segurasse sem nunca mais me soltar.

Quando ela me beijou, senti o mundo desaparecer. Ela me beijava com tanta intensidade que por um momento esqueci onde estávamos. Seus lábios doces traziam o amargo do álcool que havia bebido. Era a primeira vez em muito tempo que sentia esse gosto, mas não vacilei. Eu só conseguia focar na mulher maravilhosa que estava em meus braços, e em quão doce era o seu beijo. A minha ereção estava incontrolável. Sentir Alice tão próxima tirou o pouco do juízo que ainda me restava. Eu queria trepar com ela até que o tempo não fizesse mais sentido. Quando sua mão roçou meu pau, eu achei que ia explodir. E eu explodi. Não em um orgasmo, mas explodi.

Eu a queria!

— Que puta. — Escutei alguém dizer.

Aquelas palavras me despertaram. Me fizeram acordar para a realidade de onde estávamos e do que estávamos fazendo. Quando abri os olhos, ainda vi Alice perdida no tesão que nos envolvia. Fiquei fascinado ao perceber que não era apenas eu que sentia. Ela também estava entregue ao momento. Porém, as pessoas à nossa volta nos encaravam. Fiquei nervoso, queria socar cada uma delas e depois quebrar minha própria cara na parede por ter exposto Alice daquela forma. Quando eu a chamei, ela abriu os olhos, e o que vi neles me deixou ainda mais transtornado: era desejo puro. Por mim, somente por mim. Ela praticamente se derretia em minhas mãos.

Alice não percebeu as pessoas nos olhando, nem viu quando o ex foi arrastado para fora do bar pelos amigos. Ele vinha em nossa direção, como se fosse me matar com as próprias mãos. Desejei que ele viesse. Queria me vingar por ele ter machucado Alice. Era um sentimento diferente, não era ciúme, era proteção. Queria envolver Alice em meus braços para que ninguém pudesse magoá-la.

Sorte dele!

Alice não se importou se ele estava lá ou o que havia pensando do nosso beijo nada inocente; ela apenas me encarava, como se mergulhasse em minha alma à procura dos meus segredos. Eu admirava a sua coragem, mas não a arrastaria para o meu mundo. Nunca daria certo, ninguém tinha paciência com um doente desequilibrado.

Eu até poderia me esquecer de muitas coisas, mas jamais deixaria que aquele beijo se apagasse da minha memória.

CAPÍTULO 09

DUZENTAS E SESSENTA FLORES.

Era o número que havia contado diversas vezes enquanto olhava para o gesso do teto do quarto. Dormir estava fora de cogitação. Eu repassava o dia em minha mente, tentando entender o que havia acontecido, mas não chegava a uma conclusão. Quero dizer, eu só sabia de uma coisa: Leandro Franz me enlouqueceria.

Eu lutava contra sentimentos conflitantes. Eu não havia esquecido o que Maurício me fez. A dor da traição ainda queimava todos os dias em meu peito.

Ainda chorava.

Ainda sofria.

Ainda me perguntava *por quê?*

Eu amava Maurício. Confiava em seu amor. Acreditava em nós.

Com ele, me sentia segura e calma. Era como se estivesse em uma viagem de trem. O destino era certo, e o assento, confortável, mas eu esqueci que, às vezes, uma parada repentina pode mudar tudo. Eu desci sozinha em uma estação. Apenas eu e meus sonhos. E agora não sabia para onde ir. E estar tão perto de Leandro não estava me ajudando a achar um rumo, pois ele é totalmente o contrário de tudo que conheci. Leandro se esconde, e, pelo que entendi, são poucas pessoas — ou nenhuma — capazes de encontrá-lo. Eu podia sentir o medo reverberar em seu corpo. Isso me deixava aflita. Eu queria saber mais sobre ele. Mais do seu passado. Mais do seu mundo. Queria ver além de suas cores. Mesmo em dias coloridos, seus olhos permaneciam em tons escuros.

Leandro me olhava com tanta intensidade que eu sentia ser capaz de passar por qualquer coisa. Ele não era alguém que eu usaria para esquecer o Maurício. Ele era o homem que me enlouquecia, que despertava em mim sentimentos que eu não vivera até então. Leandro despertava todos os meus desejos. Eu não conseguia parar de pensar nele. Depois do beijo que trocamos, tive certeza de que ele sentia o mesmo por mim. A mesma paixão que fazia meu coração disparar também brilhava nos olhos de Leandro. E isso era mais que perigoso: era tentador.

Eu estava disposta a testar os limites dos meus sentimentos. Queria entender o que estava acontecendo, mas seria irresponsável se o fizesse. Não estaria arriscando apenas o meu coração, mas também o meu emprego.

Levantei cedo preparada para passar o final de semana fora de Curitiba, havia decidido visitar meus pais, queria conversar com eles pessoalmente sobre a separação.

O silêncio ainda predominava em toda a mansão, o que fazia com que ela parecesse ainda maior, e ainda mais solitária.

Ao sair do quarto, escutei um som vindo do estúdio. Fiquei preocupada, pois o dia mal havia clareado. Devia seguir o que planejara e me afastar, mas fui até o estúdio. Quando abri a porta, imediatamente senti o coração ser arrancado do peito.

Leandro estava de frente para uma grande tela. Pinceladas começavam a dar cor a uma de suas obras. Usava a mesma roupa do dia anterior, o que chamou a minha atenção. Estava descalço, os músculos das costas largas subiam e desciam ao ritmo de sua respiração.

Olhei em volta e percebi que tinha passado a noite em claro, pintando: havia cerca de dez telas espalhadas pelo estúdio, todas no mesmo tom. Todas escuras e, de certa forma, sombrias.

Sem perceber, soltei um suspiro.

Então, ele se virou.

Meu coração parou.

Ele me encarou com a intensidade que eu já conhecia, mas com a qual eu não me acostumava. O cabelo estava bagunçado, os fios acobreados emoldurando o rosto coberto de suor.

Minha pele se arrepiou. Leandro me deixava inquieta. Era perturbador.

Os olhos dele deixaram o meu rosto e pousaram na mala ao meu lado. Quando levantou a cabeça, sua expressão não era mais a mesma.

— Você está indo embora? — perguntou, irritado.

Qual é o problema dele?

— Você não dormiu?

— Posso fazer isso por dias. E então? — Estava impaciente. — Desistiu?

Depois de longos segundos de silêncio, consegui entender o que ele queria dizer.

— Não! Não! — Apressei em me explicar. — Vou visitar meus pais no interior.

Imediatamente os vincos que haviam se formado em sua testa se desfizeram. O comportamento da noite anterior estava me deixando louca. Eu precisava saber por que ele havia me beijado e depois agido como se não tivesse acontecido nada.

— Sobre ontem... — engasguei.

Leandro se virou, ficando novamente de costas para mim.

— Não aconteceu nada. Eu apenas tentei ajudar você a se vingar do seu namoradinho.

Ele estava brincando, só podia ser. *Nada* realmente não era uma palavra que pudesse definir o beijo que trocamos. Pelo menos, não para mim. Eu me recusava a acreditar que tudo tinha sido uma encenação. Que ele não tinha sentido o mesmo que eu. Era impossível!

— Devo agradecer, então? — debochei.

— Não precisa. Não foi um sacrifício.

A conversa estava indo de mal a pior. A cada segundo minha raiva aumentava, e seu comentário foi a gota d'água para fazê-la transbordar. Peguei minha mala do chão e saí. Bufava de raiva. Passei a noite em claro pensando no que estava acontecendo, e Leandro simplesmente agia como se não tivesse acontecido nada. Antes de chegar ao portão, senti meu braço ser puxado.

— Não sei o que você está pensando, mas o que aconteceu ontem não vai se repetir, Alice.

— Acho que isso ficou bem claro, já que não aconteceu *nada.* — Puxei o braço para ele me soltar.

Ainda sentia seus olhos presos a mim quando entrei no táxi que me esperava. Não compreendia sua relutância em reconhecer que o que tinha acontecido era de verdade. Instintivamente toquei os lábios, relembrando o quanto foi bom sentir o gosto de Leandro. Pelo visto, isso ficaria apenas em minhas lembranças.

CAPÍTULO 10

A SITUAÇÃO ERA ESTRANHA.

Eu fingia não me importar, mas ele passou a sair todas as noites. Não sabia se a sensação amarga que experimentava era ciúme ou rejeição. Não falamos mais no beijo, e eu tentei não pensar mais nisso, mas era difícil.

Estava chegando o fim do meu mês de experiência, e também o final do prazo para concluir a biografia que, aliás, estava uma merda. Tinha escrito apenas mais do mesmo. Apaguei e reescrevi diversas vezes o primeiro capítulo e nunca me sentia satisfeita. Pelo menos, com as entrevistas, Leandro estava colaborando. Por isso, assim que caiu a noite, resolvi falar com ele. Diante da porta do escritório, hesitei. O que eu estava fazendo? Ou melhor: o que eu estava sentindo? Leandro deixou bem claro que o que aconteceu não significou nada para ele, e, mesmo assim, eu estava obcecada por ele. Talvez porque não acreditasse em nenhuma palavra do que ele dizia. Eu via em seus olhos, sentia em seu corpo, que vibrava toda vez que eu me aproximava. Cada dia estava mais conectada ao seu mundo, mais misturada a suas cores.

De repente, algo se acendeu dentro de mim: eu estava apaixonada! O pânico me deixou sem ar. Pensei em voltar para o quarto, mas desisti ao escutar a voz de Leandro saindo de dentro do escritório.

— Às... às veeezes... — Pausa. — É pre-ci-ci-so falar um... pouco, não... não acha? — Ele repetia fazendo uma longa pausa, respirando entre uma sílaba e outra. Então, continuou: — No entanto... entanto... para servir às... às... preferências de certas pessoas, a conver-sa--sação deveria ser en-ta-bu-la-da com... o menor núuuumero possível de palavras.

Eu não entendia porque Leandro falava daquela forma. Era como se ele não conseguisse pronunciar as palavras. Na primeira noite que passei na mansão, também escutei ele falando assim.

Dominada pela curiosidade, eu abri a porta. Leandro se assustou, fechando o livro que tinha nas mãos. Então, me fuzilou com o olhar. *Que dúvida!*

— Posso saber o que está fazendo aqui?

Seus olhos faiscavam raiva, mas tentei ignorar.

— Era Jane Austen? "Às vezes, é preciso falar um pouco, não acha? No entanto, para servir às preferências de certas pessoas, a conversação deveria ser entabulada com o menor número possível de palavras".

— Diga logo o que quer, Alice.

Minhas pernas vacilaram diante de sua arrogância. Não havia motivos para ele me tratar daquela forma. Não que eu soubesse.

— Preciso fazer algumas perguntas para concluir a biografia.

— Então faça logo — disse ele, curto e grosso.

Determinada, caminhei até a mesa e me sentei na frente dele. Leandro parecia mais velho, transbordando angústia.

— Gostaria de falar sobre sua infância. — Abri meu bloco de anotações, pronta para escrever. — Sobre os seus pais e sobre como foi descobrir o talento para a pintura.

Ele não respondeu imediatamente, então, levantei a cabeça para observá-lo. Seus olhos estavam vidrados em mim, o rosto pálido e a expressão séria. Sabia que tocara em um assunto delicado. Já tinha percebido que ele não gostava de falar sobre a infância, mas precisava saber mais sobre Leandro. E a biografia era a desculpa perfeita.

— Minha mãe era artista plástica. Nunca conheci ninguém tão talentosa. Em suas mãos, a argila tomava formas inimagináveis. Todas as vezes que a via criando, era como se uma nova vida surgisse. A arte fluía em suas veias, como sangue, bombeando o amor que ela tinha por viver.

— E seu pai? — Leandro estava se abrindo, e eu não perderia essa oportunidade.

— Empresário americano. Mudou-se para Seattle.

Sua voz soava melancólica, como se lutasse contra a saudade.

— E como você descobriu o talento para a pintura? Foi influência dela?

— Não! — respondeu ele, seco.

— Hummm... na escola? — insisti.

— Não! Olha, Alice, podemos parar por aqui. Eu disse que cederia a entrevista para o seu trabalho, mas também avisei que responderia apenas as perguntas que achasse conveniente.

Fiquei surpresa com a agressividade dele.

— As pessoas vão gostar de saber como Leandro Franz despertou para o mundo.

Ele estava inquieto, remexendo-se a todo o momento. Olhava de um lado para o outro, nervoso, sem conseguir me encarar. Por alguns segundos ficou assim, perdido em seus pensamentos.

— Leandro?

— Diga a elas que o desespero é o combustível para muitas coisas. Quando estamos perdidos, nos apegamos ao que está ao nosso alcance, tentando não cair, buscando força para nos reerguermos. Foi assim comigo. Quando a esperança desapareceu, somente as cores conseguiram me tirar da escuridão.

Estava perplexa, queria entender o que se passava em sua cabeça, por que ele dizia aquilo, mas, quando se levantou, dirigindo-se para a porta, eu entendi que a entrevista tinha acabado. Ele segurou a porta aberta, e caminhei até ela, mas, antes de sair, a coragem falou mais alto.

— Por que não deixa as pessoas entrarem?

— Porque geralmente elas decidem não ficar, então, me poupa tempo.

Olhei em seus olhos e percebi que Leandro era mais solitário do que eu imaginava. Por trás da arrogância, transmitia uma tristeza sem fim, que o impedia de se abrir para o mundo.

Na manhã seguinte, enquanto organizava alguns relatórios sobre a exposição de São Paulo, vi que Leandro saiu com Marcos. Vestia calça social e blazer, e, imediatamente, me apavorei. Procurei na agenda para ver se tinha esquecido algo, mas não havia nada marcado para aquele horário.

Antes de começar a trabalhar na biografia, fui até o escritório. Em cima da mesa, ainda estava *Orgulho e preconceito.* Acariciei a capa do livro, sentindo a textura do couro. Era uma edição de colecionador, assim como diversas obras da estante. Ao colocar o livro sobre a mesa, um envelope aberto chamou a minha atenção. Eu não deveria ler.

LAR INFANTIL PEQUENAS ESTRELAS

Era um convite.

Um orfanato convidava Leandro para a inauguração de uma nova ala. Um espaço dedicado às artes. Aquilo me impressionou, mas não tanto quanto o fato de que o orfanato daria o nome de Leandro Franz ao espaço. Ele estava sendo homenageado naquele momento, e eu não sabia de nada. Gravei o endereço e coloquei o envelope de volta sobre a mesa.

Leandro não chegava, e a curiosidade me fazia andar de um lado para o outro no quarto. Eu não conseguia pensar em mais nada, a não ser em descobrir porque ele não havia comentado sobre o orfanato e a homenagem.

Vencida pela inquietação, resolvi agir. Talvez se descobrisse o que atormentava Leandro, eu conseguiria me aproximar dele.

Deus! O que eu estava fazendo?

Eu realmente não sabia, mas já estava envolvida demais para parar. Eu tinha que continuar, mesmo que me arrependesse. Precisava, pelo menos, tentar vencer as barreiras que Leandro impunha.

Uma hora depois, eu já estava na porta do orfanato. Pela movimentação, deduzi que a inauguração da tal ala já havia ocorrido. Nenhum sinal do carro de Leandro, o que me fez suspirar aliviada. A casa ficava em um bairro afastado de Curitiba, era uma propriedade de porte médio. Tinha um grande jardim na frente e, ao lado, um parquinho para crianças.

Respirei fundo e toquei a campainha.

Uma mulher alta, de cabelos grisalhos, que vestia um terninho escuro, me recebeu.

— Boa tarde! — cumprimentou ela, sorrindo.

— Boa tarde. Meu nome é Alice e sou estudante de jornalismo

— menti. — Fiquei sabendo sobre a inauguração e queria muito conhecer um pouco mais sobre o orfanato.

Nem era tão mentira assim. Eu realmente queria escrever sobre o Lar Infantil.

— Ah, que pena — lamentou. — A inauguração da ala *Leandro Franz* aconteceu há pouco. Sinto muito que não chegou a tempo.

Engoli em seco.

— Será que você não poderia apenas me mostrar a nova ala?

Ela me olhou um pouco indecisa.

— Por favor.

Um sorriso surgiu nos lábios da mulher diante da minha súplica, então, ela se afastou, me dando passagem.

— Temos apenas cinco minutos. Aliás, eu sou Matilde, coordenadora do Lar há mais de quinze anos.

Eu a cumprimentei e a segui.

Pelo jardim, chegamos a um anexo da casa. O local era todo envidraçado e lembrava muito o estúdio de Leandro. Seria coincidência? A cada segundo, eu me surpreendia com uma nova teoria.

O estúdio estava totalmente equipado. Telas brancas, tintas, pincéis, cavaletes... tudo que um artista precisa para fazer sua mágica.

— É lindo!

— Sim, é. Nossas crianças ganharam um grande presente. A arte ajudará na inclusão social. Muitas estão aqui há anos, e algumas já perderam a esperança de encontrar uma família. Espero que elas possam, por meio da arte, encontrar um caminho para seguir. Assim como Leandro fez.

Quando tocou no nome dele, eu me arrepiei.

— Ele deve ser um bom homem para fazer algo tão especial.

Não sabia por quê, mas minha voz estava embargada.

— Mais do que isso. Leandro é um exemplo para todas essas

crianças. Cada uma delas vê nele a esperança de um dia conseguir vencer na vida.

Enquanto ela falava, eu analisava uma grande foto exposta na parede. Era Leandro, rodeado de crianças. Ele estampava um grande sorriso, assim como os pequenos ao redor. Era o sorriso mais genuíno que já vira em seu rosto.

— Ele viveu aqui? — perguntei, atordoada.

— O quê?

— Leandro já foi uma das crianças do Lar?

A forma como ela falava, como se referia a Leandro, não deixava dúvidas.

— Seus cinco minutos terminaram. Infelizmente, não posso responder à sua pergunta.

A mulher foi até a porta e me deixou sozinha no estúdio. Olhei mais uma vez a foto de Leandro. Matilde não me respondeu, mas ela não precisava, tudo estava bem claro.

Assim que saí do Lar, percebi que estava atrasada para uma reunião com uma galeria que tinha interesse em expor as obras de Leandro. O encontro aconteceria em dez minutos, e eu nunca chegaria a tempo. Tentei ligar várias vezes para Leandro do táxi, mas o celular estava desligado, então mandei uma mensagem.

Quando cheguei à galeria, encontrei Marcos recostado ao carro, do outro lado da rua. No momento que me viu sair do táxi, seus olhos se esbugalharam e ele caminhou em minha direção. Sua expressão era assustadora.

— Onde você estava, Ali? O Leandro está louco atrás de você.

— Ele está muito bravo pelo atraso?

— Está de brincadeira? — Levantou uma sobrancelha e completou: — Ele está achando que você foi embora.

Parei na porta da galeria, sem reação.

— Eu mandei uma mensagem avisando sobre o meu atraso.

Marcos coçou a cabeça, impaciente.

— Você deveria entrar. A reunião começou há vinte minutos.

Entrei depressa e dei de cara com um par de olhos azuis me encarando, com um misto de surpresa e raiva.

— Desculpem pelo atraso.

Leandro e mais dois homens me encararam.

— Sente-se, Alice — ordenou meu chefe. — Alberto, esta é Alice, minha assistente pessoal.

Cumprimentei Alberto e o seu sócio. Então, sentei ao lado de Leandro, me sentindo intimidada pelo seu olhar.

— Poderia, por gentileza, mostrar aos senhores as últimas telas catalogadas?

Ele estava sendo sarcástico, mas não era o momento de reagir.

— Claro!

Durante uma hora mostrei todos os quadros de Leandro enquanto ele falava sobre cada um deles. Percebi que havia algo diferente, Leandro estava mais nervoso do que de costume. Transpirava como nunca, não parava quieto, trocava os nomes dos quadros, as datas em que foram pintados.

— Desculpem... — disse ele. — Não estou me sentindo bem. Terminamos a reunião outro dia.

Olhei para ele, sem entender. Ele saiu, e tive que me esforçar para alcançá-lo. Antes de atravessar a rua, Leandro parou a poucos centímetros de mim e pude sentir sua respiração. Os olhos se cravaram em mim.

— Nunca mais faça isso.

— Isso o quê?

Ele deu um sorriso triste e segurou meu queixo. Derreti com seu toque. Virei levemente a cabeça e deixei que meu rosto descansasse em sua mão.

— Nunca mais desapareça.

Sua expressão era tão séria, tão cansada que eu sequer lembrava que diante de mim tinha um jovem de apenas 25 anos. Era como se outra alma habitasse aquele corpo.

— Eu te mandei uma mensagem.

A frase levou o sonho e trouxe o pesadelo de volta. Estava perdida entre a frustração e o desejo.

— Vá com o Marcos. Pegarei um táxi.

— Aonde você vai?

— Não é da sua conta.

Era como se eu tivesse levado um soco no estômago. Eu queria chorar, mas me recusei a derramar uma única lágrima por um homem que não fazia o menor sentido. Leandro me deu as costas e entrou no primeiro táxi que apareceu. Eu fiquei ali, em pé, tentando compreender o que estava acontecendo, até que Marcos se aproximou e me abraçou.

— Dê um tempo a ele.

— Por que eu acho que vocês estão me escondendo algo?

Marcos deu de ombros, como se aquilo não fosse nada.

— Porque provavelmente estamos. Olha... — Ele me fez encará-lo. — Leandro já sofreu muito na vida. Ele experimentou dores que talvez a maioria das pessoas desconheça, por isso ele não permite nenhuma aproximação. Não ache que o problema é você. É meio clichê dizer isso, mas o problema é ele.

Entrei no carro. Fiz todo o trajeto tentando encaixar mais aquela peça no quebra-cabeça que era a vida de Leandro.

CAPÍTULO 11

ESPEREI POR LEANDRO O RESTANTE DO DIA, MAS ELE NÃO APARECEU.

Tinha decidido ir embora. Tudo estava estranho demais. Eu não queria isso, nunca tinha sido a minha intenção. Tudo que eu queria era terminar o projeto da faculdade e, talvez, continuar com o emprego que eu aprendi a amar, apesar do temperamento de Leandro. Descobri um novo mundo, o mundo das artes, onde podemos expor nossos sentimentos sem medo. Quando estava entre as telas de Leandro, sentia que eu podia ser eu mesma.

Já estava me preparando para dormir quando escutei batidas na porta do quarto. Abri, e Leandro estava parado ali, segurando no batente. Seus olhos passearam pelo meu corpo, e eu me senti nua diante dele. Sua boca se entreabriu, e, quando ele expirou, senti o cheiro de álcool impregnar o ar.

— O que aconteceu?

— Você?

— Eu o quê?

— Você aconteceu — disse ele, com a voz levemente embriagada.

Eu o puxei para dentro e o sentei na cama, mas ele se levantou, me segurando contra ele.

— Você está bêbado, Leandro.

Um sorriso envergonhado tomou seu rosto.

— Eu queria ganhar coragem. — Pisquei sem entender do que ele falava. — Eu quero tanto você que sinto que vou explodir.

Meu coração disparou, e, por uma fração de segundo, achei que tudo ficaria bem. Ele estava ali, se abrindo para mim. Era tudo que eu queria.

— Eu também quero você.

Dessa vez ele bufou, e sua risada soou irônica.

— Você não sabe o que está falando. Vai por mim, uma hora ou outra você vai se cansar também.

— Eu não sei o que você quer dizer com isso.

Leandro eliminou a distância entre nós, e, sem pedir licença, sua barba fez cócegas ao tocar minha pele. Meus dedos se enroscaram em seus cabelos, segurando sua nuca. Ele soltou um gemido e cravou as mãos em minha cintura, me jogando na cama. Em cima de mim, ele começou a beijar meu pescoço, me deixando cada vez mais excitada.

— Você é tão cheirosa. Tão linda. Tão inocente. Seus olhos são como sonhos que me fazem querer mergulhar neles e nunca mais sair. Eu senti que estava ferrado quando vi você no primeiro dia. Estou tão apaixonado que a sensação é que te conheço há anos.

Eu queria chorar. Lágrimas pinicaram meus olhos, mas eu me segurei para não desmoronar diante dele. Me sentia da mesma forma. Cada vez que Leandro me olhava, era como se houvesse uma ligação inexplicável entre nós.

— Por que você age assim? Por que me afasta?

Seus lábios tocaram de leve os meus.

— Eu só não quero te envergonhar. Você é tão inteligente.

— Leandro...

— Shhhh... — Ele colocou um dedo em minha boca. — Só por hoje. Seja minha agora, e eu me entregarei completamente a você.

Nós nos encaramos, e as palavras não eram mais necessárias. Tomei a iniciativa e o puxei contra mim. Nossos lábios colidiram, e deixei que sua língua brincasse com o canto da minha boca. Seu corpo pesava sobre o meu, me deixando presa.

— Seu gosto é a melhor coisa que já provei.

Ele escorregou, beijando meu pescoço e colo. Eu gemia, tamanha era a excitação que me consumia. De repente, ele parou e me encarou enquanto a mão descia a alça da camisola, desnudando um dos meus seios. Seus olhos desviaram para a pele exposta, os mamilos pontudos. A língua molhou os lábios, me fazendo tremer. O olhar era tão intenso que me queimava. Os lábios sugavam meu seio devagar, acariciando o mamilo. Estava excitada.

— Leandro... — supliquei quando ele segurou o mamilo entre os dentes.

Ele riu baixinho, sabendo exatamente o que estava fazendo. A outra alça da camisola caiu, ele segurou o outro seio com firmeza e repetiu o que tinha feito antes. A mesma intensidade, o mesmo prazer.

— Tão perfeita!

Enquanto me olhava, sua mão invadiu a calcinha. Arfei de excitação quando ele me acariciou. Meu corpo tremia e parecia que o quarto inteiro girava.

— Está molhada? — Um sorriso safado serpenteou o meu rosto.

— Hummmmm — gemi apenas.

Devagar, ele enfiou um dedo em mim. Os movimentos eram

contidos, mas alcançavam o ponto certo para me fazer querer mais. Os olhos nunca deixavam os meus, sempre me encarando. Um segundo dedo se juntou ao primeiro, indo mais fundo, me dando um prazer indescritível.

— Isso é tão bom — falei, com a voz entrecortada. Eu ia quebrar nas mãos dele, ou melhor, em seus dedos.

— É perfeito.

Eu queria tocá-lo, então, deixei que minha mão viajasse até a calça que ele vestia. Assustei-me quando percebi o tamanho da ereção. Por cima do tecido, eu o acariciei; minha boca salivando de vontade de tê-lo em meus lábios. Leandro acelerou os movimentos, explorando também meu clitóris. Sentia que poderia gozar a qualquer momento, e não achava justo. Então, abri o zíper da calça, mas ele me deteve. Olhei sem entender, mas Leandro não respondeu. Ele passou a sussurrar palavras incompreensíveis em meu ouvido. Meu quadril se arqueou, ajudando seus dedos, que se movimentavam em um ritmo acelerado.

— Por favor... por favor... — implorei, ofegante.

Leandro obedeceu. Mais fundo e mais forte, senti meu abdômen se contrair e o orgasmo surgir. Era intenso, insano, inexplicável. Me entreguei a ele, à sua mão, às suas palavras. Ele beijava todo o meu corpo, onde sua boca conseguia alcançar. Senti-me desejada, feliz, saciada. Quando retirou os dedos de dentro de mim, Leandro os levou a boca, provando meu gosto.

— Você é deliciosa. Sabia que seria.

— Preciso de você! — Fui firme, mas ele parecia hesitar. — Agora — completei, autoritária.

Ele piscou diversas vezes, sem acreditar no que eu acabara de dizer.

Meus lábios se abriram, em busca de ar. Leandro se livrou da calça, se rendendo ao meu pedido. Sentei na cama, e minhas mãos tocaram seu corpo. Estava quente, pelando. Espalmei os dedos sobre seu peito e senti o coração disparado. Leandro segurou minha mão, fazendo-a descer por seu abdômen. Me deliciei com sua rigidez, os músculos esculpidos... era tão sexy. Explorei sua pele, e o provoquei antes de libertar sua ereção. Passei a língua por toda a extensão dela, me sentia poderosa.

— Devagar — pediu ele entre gemidos, jogando a cabeça para trás. — Isso, assim... que gostoso, porra.

Queria fazê-lo gozar, mas não tive a chance. Leandro me jogou na cama, e, instantes depois, eu o vi colocando a camisinha. Atirou o corpo sobre o meu, e sua boca encontrou a minha, que se abriu para recebê-lo com uma vontade incontrolável. O beijo foi a faísca que fez o fogo se acender em mim novamente, como se eu não tivesse gozado há poucos minutos. Suas mãos descansaram ao lado da minha cabeça, fazendo com que fosse impossível eu me mover.

— Gosto dos seus olhos. — Ele sorriu, fazendo meu coração quase parar.

— Gosto do seu sorriso.

Leandro me penetrou devagar. Me tomava enquanto sua língua provava minha pele. Abri mais as pernas, dando total acesso a ele. Seus olhos se estreitaram, e ele tornou a tomar meu seio em sua mão.

Gemi, e, em consequência, as estocadas tornaram-se fortes e profundas. Cravei as unhas em suas costas. O barulho dos nossos corpos batendo ecoou por todo o quarto, aumentando o prazer, a luxúria. Arqueei o quadril, buscando mais dele. Queria profundidade. Ele prendeu meu lábio inferior entre os dentes, alternando lambidas e mordidas no canto de minha boca. Segurei o grito que se formava em minha garganta, tentava me conter, mas ele me castigava, tirava tudo de mim, cada sensação que meu corpo produzia.

— Rápido, forte, por favor... — A minha voz estava irreconhecível, o desejo me dominando, me transformando. — Leandro, Leandro... — Disse seu nome quando meu corpo estremeceu. Me entreguei ao orgasmo poderoso. Meu corpo estava cansado, os olhos nublados pela saciedade, a mente perdida no prazer que havia sentido.

Leandro ainda me possuía. Sua boca colou em meu ouvido, murmurando elogios, dizendo o quanto me queria. Senti quando sua ereção inchou dentro de mim, me preenchendo totalmente. Suas estocadas se tornaram constantes, ritmadas, até que ele parou completamente. Senti os espasmos, seu corpo tremendo, sua respiração entrecortada. O suor colando seu peito em minhas costas, seus dedos entrelaçados com os meus. Leandro gozou, e eu me entreguei à perfeição do momento, saboreando as sensações, delirando de prazer.

— Não consigo ficar longe de você, e isso me assusta — murmurou ele, me beijando.

Virei meu rosto, encarando seus olhos. Leandro me olhou com tristeza, e aquilo acabou comigo, não queria lhe fazer mal.

— Estou apaixonada. Não sei por que, como e quando, mas eu me apaixonei por você, Leandro. E, sim, também estou assustada, pois eu não consigo te decifrar. Você é inconstante. Ao mesmo tempo que me trata com frieza, me acaricia com palavras gentis. Eu nunca sei como será o meu dia, pois nunca sei como estará o seu humor. Isso me apavora.

Ele se levantou, me deixando na cama. Vestiu a calça e jogou a camisa sobre o ombro, sem dizer uma única palavra. Antes de chegar a porta, eu o chamei:

— Precisamos conversar. Não dá mais para continuarmos assim. Pare de fugir.

— Não estou preparado para a sua piedade.

De que porra ele falava?

Estava frustrada com a sua reação, cansada de segredos. Desejava que ele compartilhasse seus medos comigo, que confiasse em mim. Queria que ficasse, dormisse ao meu lado, fizesse amor comigo até o dia amanhecer, mas, pelo jeito, Leandro era do tipo que comia suas assistentes na calada da noite e depois partia, como se nada tivesse acontecido. O arrependimento me invadiu. Já havia sido enganada uma vez, e, pelo visto, a história se repetiria.

CAPÍTULO 12

ACORDEI COMO SE TIVESSE SONHADO. O CHEIRO DE LEANDRO CONTINUAVA IMPREGNADO NOS LENÇÓIS.

Não foi um sonho. Eu transei com Leandro. Eu me entreguei de uma forma diferente, como havia muito tempo não fazia. Era paixão pura. Meu coração disparava ao lembrar das sensações que experimentei na noite anterior.

O relógio ainda marcava sete horas, mas não me importei.

Coloquei o primeiro vestido que vi pela frente, escovei os dentes e prendi os cabelos. Caminhei até o estúdio, pois sabia que o encontraria ali. Ele não escutou quando abri a porta, então, entrei em silêncio e o observei. Leandro estava estático, de frente para uma tela.

— Leandro... — Quando ele se virou, pude ver a tela. Levei as mãos a boca, consternada. Era a silhueta de uma mulher. Cabelos, rosto, corpo, tudo em tons de vermelho. Pinceladas incompreensíveis, mas que faziam todo o sentido para mim.

— Vou chamá-lo de *Alice*.

Pisquei algumas vezes, sem querer acreditar. Lágrimas rolaram pelos meus olhos. Chorei emocionada por Leandro ter se expressado à sua maneira, com suas cores. Era a resposta de que eu precisava.

Corri até ele e me joguei em seus braços. Leandro me suspendeu enquanto eu cruzava as pernas em suas costas. Beijei sua boca, saboreando os lábios. Minha língua brincou com a dele, em uma dança sensual. Leandro me sentou sobre uma bancada, suas mãos me tocando em todos os lugares, manchando de tinta minha pele, roupas, alma...

Ficamos nus em poucos minutos. Ele me tomou ali, sem medos, em meio à sua arte, ao seu mundo. Eu me sentia desejada. Com Leandro, eu despertava o que havia de mais quente em mim. Eu não era a mesma. Era como se a vontade me consumisse. Era isso. Era paixão pulsando em minhas veias.

— Respira fundo, Alice — disse ele, enquanto me penetrava lentamente.

— Não consigo!

— Quer que eu pare?

— Por favor, não — implorei.

Então ele continuou a se mover dentro de mim. Leandro encostou a testa na minha, nossos olhos grudados, sua mão massageando meus seios, brincando com os mamilos.

Ele aumentou o ritmo, me penetrando com força, me fazendo gritar seu nome.

— Alice, puta merda, eu vou...

O corpo de Leandro tremeu antes que ele pudesse completar a

frase. Senti minha pele se arrepiar. Apertei as pernas, sugando-o para dentro de mim. Eu ia me perder nele.

— Vem comigo. Juntos, agora.

O orgasmo veio forte, arrebatador. Leandro saiu devagar de dentro de mim e me colocou no chão. Ele me abraçou por alguns segundos, até que eu me recuperasse. Dessa vez, ele não fugiria de mim, das minhas perguntas. Parei na sua frente e o desafiei com meu olhar.

— Você é adotado?

— O quê?

A expressão de Leandro mudou, nem parecia o mesmo homem que estava entre minhas pernas, me tomando com perfeição.

— Eu fui ao Lar Pequenas Estrelas. Vi o convite em sua mesa e fui até lá. Por que esconde isso? Por que ninguém sabe?

Leandro passou a andar de um lado para o outro, a raiva surgindo em seu rosto. Ele transpirava cada vez mais. De repente, surtou, chutando as tintas que estavam no chão.

— Com que direito você mexeu nas minhas coisas? — gritou, enraivecido. Meu corpo se encolheu, peguei o vestido no chão e o coloquei na frente do corpo.

— Está tudo bem. Pode confiar em mim. O que aconteceu quando você era criança já passou. Está tudo bem. Você está bem. Estamos bem.

Ele se aproximou, ficando a centímetros do meu rosto. Podia sentir o calor de seus lábios; os mesmos lábios que tinham tomado minha boca.

— Você não sabe de nada — disse, entre dentes. — Não tem ideia do que vivi, não sabe o que sofro diariamente, pelo que passo. Acha que pode chegar aqui com meia dúzia de palavras e dizer que vai ficar tudo bem? Tenho uma notícia para você, Alice: *não vai ficar bem*. Palavras não vão adiantar. Aliás, elas nunca servirão para nada.

— Leandro, por favor...

— VAI EMBORA! — gritou.

— Para de agir assim! — berrei de volta. — Para de me tratar como se eu não fosse nada!

— E você não é.

Meu coração parou. Pisquei várias vezes, sem acreditar no que ele me dizia.

— É mentira! Você é um filho da puta mentiroso, Leandro.

Ele me alcançou, segurando meus cotovelos, me prendendo no lugar, aprisionando meus olhos nos seus.

— Sai da minha vida! Vai embora, Alice. — O *pesadelo* estava de volta. O olhar gélido, as palavras duras, o corpo tenso, tudo indicava que ele estava fora de si, perdido nos próprios pesadelos.

— Eu quero ficar.

— Por quê?

Fiquei confusa, pois tudo era muito novo. Meus sentimentos por Leandro ainda eram desconhecidos. Eu sabia que não era amor. Seria insanidade minha achar que eu o amava ou que ele me amava, mas tinha que confessar que algo fervia dentro de mim quando ele se aproximava. Estava apaixonada, era inegável. Um sentimento devastador, que controlava os meus pensamentos.

— Preciso terminar a biografia.

Foi a pior coisa que eu poderia dizer. Leandro surtou. Afastou-se lentamente, mas ainda me encarava. Pensei em consertar a burrada, falar alguma coisa, dizer o que sentia, mas já era tarde. Ele passou as mãos pelo rosto, transtornado. Quando me olhou, não vi um resquício sequer do Leandro que eu conhecera na noite anterior.

— É tudo que sou para você, não é mesmo, Alice? O passaporte para o emprego perfeito. É só isso que você quer de mim. Vai escrever como gozou gostoso no meu pau também? Vai?

Não pensei muito, apenas agi por impulso. Minha mão estalou em seu rosto. Estava com ódio. Queria machucá-lo da mesma forma que ele fazia comigo, mas tinha a impressão de que a dor física que causei nele não chegava aos pés da humilhação à qual ele estava me submetendo.

— Sai daqui. Sai dessa casa e some da minha vida.

— Eu vou. — Respirei fundo antes de continuar: — Vou porque você é o maior idiota que já conheci em toda a minha vida. Você não passa de um riquinho mimado que acha que seus problemas são os únicos em todo o universo. Mas quer saber de uma coisa, Leandro?

— Não quero.

— Foda-se! — falei, perdendo a paciência. — Você não é o único que tem problemas no mundo. Aprenda a lidar com o seu passado e pare de obrigar as pessoas a conviver com sua arrogância.

Ao me virar, vi que tínhamos plateia. Marcos e Paula estavam na porta, observando a discussão. Fiquei envergonhada, pois agora todos sabiam que eu tinha transado com o *Senhor Pesadelo*. Deviam pensar que eu era uma grande idiota, e eu não podia julgá-los, pois eles tinham razão.

Saí apressada, praticamente correndo. Eu queria ir embora o mais rápido possível. Queria ficar longe de Leandro antes que ele conseguisse causar mais algum estrago.

— Como pude me apaixonar por esse idiota? — Eu me perguntava em voz alta enquanto arrumava as malas.

— Porque esse idiota tem algo de bom. No fundo, bem lá no fundo, e você descobriu isso.

A voz de Paula soou atrás de mim, então parei para olhá-la.

— Ele é um babaca.

— Eu sei disso.

— Um grosso, filho da mãe.

— Isso também!

— Por que você defende ele, Paula? Leandro só sabe dar patada e berrar com todo mundo!

Ela sentou na cama e me puxou para que eu fizesse o mesmo. Suas mãos passaram a acariciar as minhas, me acalmando. Por um tempo, não disse nada, apenas esperou que eu me recuperasse.

— Algumas pessoas não são capazes de se livrar de seus fantasmas. Leandro tem vários fantasmas que o assombram. Para muitos, o que ele passa ou passou pode não ser motivo suficiente para justificar o seu comportamento, suas atitudes, mas cada um sabe a dor que sente e ninguém deve julgar a sua intensidade.

Eu entendia o que Paula dizia, porém, estava muito magoada.

— Eu não posso ficar!

— Eu sei. — Ela me olhou gentilmente. — Só queria que soubesse que você foi a única que ele deixou se aproximar. Desde o início, você sempre foi mais do que uma assistente.

Paula saiu, me deixando sozinha com aquelas palavras. Eu não sentia isso. Não me sentia mais do que uma secretária, uma babá.

Observei o quarto, a mala sobre a cama e meu notebook em cima da mesa. Durante um mês, eu experimentei sensações que não tinha vivido em toda a minha vida. Leandro abalou minhas certezas. Ele me tirou da zona de conforto na qual eu nem sequer sabia que estava.

Estava decidida a ir embora, mas antes precisava dizer a Leandro tudo que sentia por ele. Sentei na escrivaninha e coloquei todos os meus sentimentos no papel. Deixei as palavras surgirem, revelando a minha alma. Era a minha forma de me expressar. Era a única maneira que eu conseguia.

Antes de deixar a mansão, enfiei o envelope por baixo da porta do escritório. Sabia que ele estava lá.

— Espero que você leia.

CAPÍTULO 13

LEANDRO

Eu andava de um lado para o outro tentando me controlar. Alice tinha ido longe demais. Há dias eu me esquivava de suas perguntas, mas ela era insistente, sempre querendo saber do inferno que tinha sido a minha infância. Eu não queria contar a ela, não queria dizer a ninguém, pois falar sobre o horror era o mesmo que vivê-lo novamente. Eu não queria. Não podia. Passei tempo demais fugindo do passado, tentando esquecê-lo, mas Alice insistia em trazer tudo à tona. Ela não entendia que a ferida nunca ia cicatrizar. Foram anos de abuso. Fui espancado, amarrado, humilhado.

Você é burro.

Imprestável.

Idiota.

Então veio o diagnóstico. Bastava um pouco de atenção, amor, cuidado. Eu seria capaz, se tivesse uma chance. Estava feliz em saber que tinha cura, que eu podia melhorar, aprender.

Doente.

Não vai chegar a lugar algum.

Retardado.

Durante dez anos sofri nas mãos daqueles que deveriam me amar. Meus pais me odiavam. Odiavam o fato de eu ser *diferente.* Odiavam a maneira como eu falava. Fugir de casa não foi fácil, mas qualquer coisa era melhor do que viver sob o mesmo teto que eles. Minhas costas ardiam pelas marcas do cinto. Um dia, com 10 anos, eu disse ao meu pai o monstro que ele era. Eu não tinha mais medo. Não sentia nada, pois ele arrancou tudo de mim. Minha mãe assistiu a tudo sem dizer nada. Nunca me defendeu. E eu fiz uma promessa: a de que o mataria.

Fui recolhido nas ruas e levado para o orfanato. Durante quatro anos, fiquei lá. Meus pais até tentaram me buscar, mas as marcas das agressões físicas eram visíveis demais para que um juiz permitisse isso. Além disso, eles estavam pouco se importando. Não olharam para trás. Não pediram desculpas.

Eu não falava. Não chorava. Não sorria.

Era como um robô. Meus sentimentos estavam adormecidos, e eu não sabia como acordá-los. Não tinha ideia de como expressar o que sentia. Eu não conseguia usar as palavras, não sabia escrever. Até que um dia, eu ganhei tintas e um pincel. Era Natal.

Naquele dia, eu joguei a tinta sobre o papel. Eu pintei, chorei, sorri, manchei meus dedos com o líquido que mudaria a minha vida. No dia seguinte, eu queria mais. Sentia que podia me libertar através das cores.

Passava horas na sala de artes. Pintava papéis e telas. Até que fui descoberto. Eu vi em seus olhos, assim que me olhou, que ela também se expressava de uma forma diferente. Seus olhos brilhavam diante da minha arte. Ela viu em mim o que mais ninguém conseguia ver.

Aceitei ir embora com eles. Fui adotado. Deixei o Brasil.

Minha nova mãe me deu tudo. Eu tinha um estúdio e podia ter quantas tintas eu quisesse, quantas telas fossem necessárias, os mais diferentes pincéis. Mas nem todas as cores do mundo foram suficientes para apagar a dor que eu sentia. Fiz tudo errado. Achei que as drogas me ajudariam, que o álcool me faria esquecer, mas era impossível. A noite ainda acordava com os gritos do meu pai, ainda sentia sua mão pesada em meu rosto, o gosto do sangue na boca.

Eu tentei aceitar a ajuda que a minha nova família oferecia. Eu estudei, eu batalhei, mas era fraco e, a cada dificuldade, desistia achando que não seria possível. Então, ela morreu. Morreu, e eu desisti. Me sentia culpado, me afundei mais e mais, entrando em depressão. Quase morri junto. Eu quis morrer, mas o destino nem sempre está a nosso favor.

Mais uma vez as cores me salvaram. Cada traço que eu pintava era como um fio que me prendia à vida. Cada cor que surgia me livrava da escuridão. Não havia mais espaço para mim no mundo real, mas eu fiz das telas o meu mundo.

Eu até tentei me relacionar com outras pessoas, mas sempre que não era capaz de fazer o que as outras pessoas faziam, eu me lembrava do que meus pais diziam. Suas palavras faziam todo o sentido, então, achei melhor ficar sozinho.

Até conhecer Alice. Ela mergulhou em minhas cores, como se minha vida fosse sua. Eu não parava de pensar em seus olhos, em sua boca. Ela era como uma droga. Nunca ninguém havia chegado tão perto de mim, e ela o fez sem nenhum esforço, sem ao menos querer. Ela foi simplesmente Alice.

Desde que a beijei, tive a certeza de que estava apaixonado. Eu a desejava, de corpo e alma.

Eu bebi para ter coragem de mandá-la embora. Queria que ela ficasse longe, mas não consegui.

Eu a queria em meus braços.

E a tive...

Foi a melhor noite da minha vida.

A noite em que me senti mais completo.

Eu era apenas eu.

Ela era apenas ela.

E nós nos encontramos.

Mas Alice queria mais. Queria algo que eu não podia dar a ela. Ela queria o meu passado, e eu não podia compartilhá-lo. Não com ela...

Sentei na cadeira, derrotado. Apoiei a cabeça sobre a mesa e deixei as lágrimas brotarem.

Escutei a porta se abrindo.

— Alice? — Levantei rapidamente, o coração disparado com a possibilidade de ela estar ali.

— Não — respondeu Paula, entrando no escritório. — Ela acabou de sair com o Marcos.

Eu não disse nada, apenas olhei pela janela e observei o carro se afastar, levando Alice e também minhas esperanças.

Paula pegou um envelope no chão e se aproximou.

— É da Alice. Quer que eu leia para você?

Mais uma vez a dor dilacerou meu coração.

— Não! — respondi, sem um pingo de emoção em minha voz.

Então, Paula deixou o envelope sobre a mesa e saiu.

Eu tentei ler a carta, mas não entendia o que as palavras significavam.

Mais uma vez desisti.

CAPÍTULO 14

TRÊS DIAS SE PASSARAM DESDE QUE VOLTEI PARA A CASA DA JOSI.

Liguei para o meu orientador. Pelo tom da minha voz, ele soube que eu havia tido problemas com Leandro. Pediu para eu ter paciência e não desistir. Mal sabia ele que eu já o fizera.

Desisti de escrever a biografia, mas Leandro ainda consumia meus pensamentos. Passei dois dias olhando o celular, esperando uma ligação ou uma mensagem, mas ela não veio. Então, no terceiro dia, parei de esperar. Deixei de criar expectativas; seria melhor assim.

Era mais fácil esquecer enquanto ainda era só paixão. Ele impregnava a minha pele, mas não tinha chegado ao meu coração. Se bem que eu começava a duvidar disso.

Passei o dia pensando no que fazer. Eu estaria muito ferrada se desistisse mesmo da biografia. Não teria tempo de começar outro projeto do zero e não conseguiria me formar. Eu havia deixado uma paixão maluca acabar com meus planos. Seria cômico se não fosse trágico.

Tentava desesperadamente pensar em uma saída quando fui interrompida pela campainha. Minhas pernas bambearam quando vi Leandro parado no portão.

Ele estava ali, na minha frente. Com as mãos no bolso da calça jeans, parecia nervoso. Olhava de um lado para o outro, evitando me encarar.

A barba estava maior, ou era impressão minha?

— O que você está fazendo aqui?

Ele abaixou a cabeça, envergonhado, e, quando levantou, vi um brilho diferente em seus olhos.

— Precisamos conversar. — Duas piscinas azuis me encaravam.

— Sério? — perguntei com um tom sarcástico. — Porque acho que foi exatamente isso que tentei fazer há três dias.

— Por favor, Alice.

Leandro passou as mãos pelos cabelos, nervoso. A sensação era que aquilo era mais difícil para ele do que para mim, então eu cedi. No fundo eu esperava que a carta que escrevi fizesse efeito, que ela o tocasse, que o fizesse entender que não estava sozinho. Que não precisava estar.

— Entra.

— Obrigado.

— Eu até te ofereceria uma bebida, mas você não bebe. — Fiz uma pausa. — Quero dizer, só quando quer comer suas funcionárias. Nessas ocasiões, você enche a cara, não é mesmo?

Ele deu dois passos em minha direção, mas eu me afastava a cada centímetro que ele avançava. Então ambos paramos.

— Fui um idiota, mas você me assustou.

— Eu te assustei? — Ele só podia estar de brincadeira. — Leandro, tudo que você fez desde o dia em que coloquei os pés na sua casa foi me assustar. E muito.

— Você tem que entender como foi confuso para mim querer e não querer você lá. Você tirou meu sossego, Alice. Tudo que eu queria era que desistisse e fosse embora. A merda daquela casa não via um sorriso antes de você chegar. Então, do nada, tudo se iluminou com a sua presença.

— Qual é o seu problema? — gritei, sem paciência. — De madrugada você me come, de manhã me enxota de casa e, três dias depois, diz que sou a luz que ilumina a sua vida. Quer parar de brincar comigo, por favor?

Leandro abriu a boca para responder, mas fomos interrompidos por Josi. Os olhos esbugalhados da minha amiga entregavam que ela estava tão surpresa com a presença de Leandro quanto eu. Ela não sabia o que fazer.

— Oi, Josi. Esse é o Leandro Franz.

— Boa noite. É um prazer conhecê-la — disse Leandro, entrando no modo educado.

— Boa noite. O prazer é meu. E... desculpa atrapalhar.

Os dois me encaravam, esperando uma atitude da minha parte.

— Não atrapalha em nada. Em primeiro lugar, a casa é sua. Em segundo, Leandro já estava de saída, não é mesmo?

Ele me observou, minhas palavras o atingiram.

Era isso que eu queria, não era? Que ele sentisse alguma coisa. Mas por que eu não estava satisfeita?

— Podemos dar uma volta? Eu preciso conversar com você.

— Vocês realmente precisam conversar e resolver essa situação. Seja ela qual for.

— Não se mete, Josi. — Ela simplesmente deu de ombros e saiu, encarando Leandro. Ele não se movia, determinado a conversar. Por fim, eu suspirei, me dando por vencida.

— Vou pegar um casaco. — Ele assentiu, e pude ver um sorriso tímido surgindo em seus lábios.

No caminho até o quarto, pensei no que ele ia me dizer. Passou de tudo pela minha cabeça, desde que Leandro pudesse ter sido abusado sexualmente até que ele era órfão. Porém, em todos os meus enredos havia um final feliz. Malditos romances. É isso que dá ficar idealizando o amor. Eu sempre procuro o final feliz de cada história e ainda esperava ansiosamente pelo meu.

Peguei um moletom qualquer em minha mala e me vesti. Não me preocupei em me arrumar. Nem passei em frente ao espelho. Não queria que Leandro tivesse a impressão de que me importava. Era apenas uma conversa, e não um encontro. Aliás, nunca tivemos um encontro de verdade, então, não seria essa a primeira vez.

Quando voltei à sala, Leandro olhava o céu pela janela. A noite já havia chegado e as estrelas dominavam o céu. Lembrei-me do quadro *Estrelas esquecidas*.

— Podemos ir.

Ele me observou, analisando a roupa que eu vestia, mas antes que fosse necessário eu dizer alguma coisa em minha defesa, Leandro me elogiou.

— Você não precisa de nada para estar linda. Nunca precisará. O que te faz tão maravilhosa é o seu coração, sua personalidade, não a roupa que usa.

Senti o rosto queimar, e tenho certeza de que corei até o último fio de cabelo.

— Obrigada.

Leandro abriu a porta, e, então, saímos.

O vento frio cortava a noite de Curitiba, me deixando ainda mais apreensiva com aquela conversa. O carro não estava na porta, mas sabia que Marcos havia levado Leandro, pois ele era o único que sabia onde me encontrar.

O bairro onde Josi morava era muito tranquilo. Caminhamos sem rumo, acompanhados pelo silêncio. Um silêncio perturbador, diga-se de passagem.

— Preciso pedir desculpas por aquela manhã. Eu fui um idiota. — Ele andava com as mãos no bolso.

— Olha, Leandro. Sei que passei dos limites também. Não deveria ter ido até o orfanato. Eu só queria saber um pouco mais sobre você. E não é por causa do meu trabalho. Realmente queria te decifrar, e senti que só conseguiria isso se soubesse mais sobre o seu passado. Só assim eu poderia te entender e te ajudar.

Leandro parou repentinamente. De cabeça baixa, parecia lutar contra os próprios sentimentos. Não falei nada, apenas aguardei. Quando levantou a cabeça e me fitou, vi lágrimas em seus olhos. Era a primeira vez que o via tão entregue. Os ombros caídos, uma expressão sincera. Era como se ele tivesse se desfeito da armadura que sempre usava. Ali, parados em uma calçada, foi que eu finalmente conheci Leandro Franz.

— Tantas pessoas tentaram me ajudar. Durante minha vida inteira me senti deslocado. Mesmo quando eu estava me reerguendo, mesmo quando tinha esperanças de mudar, todos à minha volta agiam como se eu fosse a porra de um doente que precisava de cura.

— Essa não foi minha intenção...

— Sei que não. Mas eu sempre me senti assim, então foi difícil quando você chegou. Você queria mais de mim, e, infelizmente, eu não estava preparado para dar.

— E agora está?

Ele levantou a cabeça, fitando o céu, as estrelas. Ficou assim um tempo, e eu deixei que tomasse coragem. Até que resolveu desabafar, colocar para fora suas tristezas e aflições.

— *Estrelas esquecidas* foi o primeiro quadro que pintei, ainda no orfanato. Todas as crianças eram chamadas de estrelas pelos funcionários e voluntários. Eu odiava ser chamado assim. Odiava ser uma estrela, pois percebia que ninguém parava para olhar o céu. Assim como ninguém queria saber da gente. Então, poderíamos até ser estrelas, mas não passávamos de estrelas esquecidas.

Vi tanto sofrimento em seus olhos que podia sentir sua mágoa. Fui criada em uma família amorosa e unida, nem de longe seria capaz de compreender o que é viver sozinho.

— Por que você foi parar no orfanato?

Leandro sorriu tristemente, como se o passado se fizesse presente.

— Eu fugi de casa aos 10 anos. Fiquei na rua alguns dias, até que o Juliano me ajudou.

— Juliano, meu professor?

— O próprio. Ele me levou ao Conselho Tutelar, e de lá eu fui encaminhado ao Lar.

A conversa estava sendo mais surpreendente do que eu imaginava. Eu estava intrigada, mas também com medo de me aprofundar. Estava apaixonada por Leandro, mas a bagagem que ele trazia era pesada. Agora, diante de sua confissão, eu não me sentia forte o suficiente para ajudá-lo.

— E seus pais?

— Meu pai me batia tanto que eu já não sentia mais dor. Não precisava de motivos. Ele simplesmente decidiu que descontaria em mim suas frustrações. Ele sentia vergonha de mim. Eu era o doente mental, o retardado, o inútil. — Um nó se formou em minha garganta, e lutei com as lágrimas que ardiam em meus olhos. — Ele me deixava sem comida, sem roupa. Tremia de frio, de fome, de ódio. Eu queria matá-lo, mas o destino se encarregou de fazer isso antes de mim.

— Por quê? Por que alguém faria isso com uma criança?

Leandro respirou fundo, virando o rosto, parecendo envergonhado. Aproximei-me dele, toquei seu queixo e o puxei para mim. Ele gemeu ao meu toque, me fazendo suspirar. Eu não sabia se conseguiria ouvir mais alguma coisa. Sentia que o estava fazendo sofrer.

Ficamos nos encarando por alguns segundos, até que percebi que ele olhava para a minha boca. Minha língua, atrevida, molhou os lábios no momento em que pensei como era bom beijá-lo. Ele estava cada vez mais próximo. Dividíamos o mesmo desejo. O beijo teve gosto de paixão. Leandro acariciava minhas costas enquanto nossos lábios se tocavam tão intimamente que me causava arrepios.

De repente, um barulho nos surpreendeu. O estrondo interrompeu o beijo, fazendo meu coração saltar. Era um tiro. Leandro se colocou na minha frente, como se quisesse me proteger. Olhamos para os lados, mas não vimos ninguém.

— Vamos sair daqui.

Ele puxou minha mão, me arrastando para a direção contrária de onde tinha vindo o tiro. Eu o acompanhei, ainda atordoada.

— Socorro! — Escutamos alguém gritar.

Parei imediatamente.

— Você está maluca? Vamos embora agora.

— Não podemos ir. Alguém precisa de ajuda.

Ele olhou por cima do ombro, hesitando. Mantinha o maxilar travado, como se analisasse as possibilidades.

— Você vai embora. Eu vou ver o que aconteceu.

Leandro me deixou no lugar que estávamos, e caminhou alguns metros, entrando em uma rua lateral. Ignorei o seu pedido e caminhei atrás dele. Uma mulher caída no chão sangrava. Leandro tentou acalmá-la, mas ela estava em choque, se debatendo nas mãos dele.

Eu me aproximei de Leandro.

— Alice, eu mandei você ir embora — disse ele, enfurecido. Foi a primeira vez naquela noite que o *Senhor Pesadelo* surgia.

— Ainda bem que você não manda em mim — respondi.

Ajoelhei-me e alcancei a mão da mulher, tentando acalmá-la.

— Está tudo bem. Tente ficar calma, não foi nada grave. — Olhei para o ferimento e talvez estivesse mentindo. Ela perdia muito sangue, estava perdendo a consciência. — Leandro, corre, liga para a emergência. — Fiz pressão com as mãos, tentando estancar o sangramento.

Leandro tirou o celular do bolso.

— Encontramos uma mulher ferida. Acho que ela levou um tiro. — Ele fez uma pausa enquanto ouvia atentamente. — Ela está desacordada agora. Endereço? — Ele me encarou, esperando uma resposta. Não conhecia a rua que estávamos. Olhei ao redor e vi que tinha uma placa ali perto.

— Olha lá, o nome da rua.

Leandro me olhou assustado. Então, caminhou até a placa, parecia desesperado. Segurava o celular em uma das mãos e passava a outra nos cabelos, extremamente nervoso. Ele parou de frente para a placa, mas não a olhava diretamente.

— Leandro! — gritei, chamando sua atenção.

Quando se virou, eu vi, mesmo com a pouca luz, que ele chorava. Os ombros caídos, o rosto entregue, as lágrimas rolando livremente, a derrota no olhar.

— Eu não consigo ler.

Balancei a cabeça, sem entender.

— Ela vai morrer!

— Eu não sei ler, porra — berrou. — Não é possível. As letras... elas... eu não entendo o que dizem. Elas não fazem sentido para mim. — Leandro ficava cada vez mais nervoso. — Sou um idiota. Meu pai tinha razão. Sempre teve.

Corri até Leandro, pegando o telefone de suas mãos. Enquanto passava as informações para o socorrista, eu observava o homem à minha frente. Ele estava despido de segredos. Olhava para mim como se não tivesse mais lugar para ele no mundo. Estendi a mão, mas Leandro não se moveu, apenas me observava. As lágrimas transformaram-se em um choro incontrolável. O corpo de Leandro inteiro tremia, eu não sabia o que fazer. Então, eu o alcancei e o abracei. Queria que sentisse que eu estava ali. Que estava com ele.

— Leandro, estou aqui — dizia baixinho, sem soltá-lo. — Escuta minha voz. Concentre-se nela e fique aqui. Fique comigo.

Eu o abraçava, mas ele não correspondia. Estático. Continuei tentando alcançá-lo. Segurava suas mãos, secava as lágrimas que ainda desciam por seus olhos, acariciava seu rosto, mas ele não esboçava reação. Ouvi a sirene da ambulância, e as luzes piscaram diante dos meus olhos. Finalmente, Leandro me olhou. Senti ainda mais medo quando recebi o seu olhar. Era vazio, frio. Não havia nada em seus olhos que me lembrasse o Leandro que havia conhecido. Nem quando era totalmente estúpido comigo, Leandro me olhava daquela forma. Sempre havia intensidade, mas agora, ele parecia morto.

Leandro segurou meus ombros, me afastando dele.

— Me deixa ir embora.

— Não posso. Estou apaixonada por você.

Ele virou o rosto.

— Cometemos um erro. Eu não deveria ter deixado você se aproximar. Isso nunca deu certo e nunca dará.

Depois se afastou, me dando as costas.

Caminhei atrás dele, deixando a ambulância para trás.

— Você está fazendo tempestade em copo d'água, Leandro.

Leandro parou de caminhar, virando-se para mim.

— E se fosse você estendida no chão? — Apontou para a mulher sendo socorrida. — E se você precisasse de mim? E se fosse preciso que eu lesse a porra de um simples endereço para salvar a sua vida? Eu não ia conseguir, Alice. Porque sim, eu sou o retardado que meu pai sempre disse que eu era. Eu tenho dificuldade para ler e escrever, eu não sou normal. Esse é o meu grande segredo. — Ele abriu os braços, gritando para o céu. — Eu sou um fodido, que mal consegue escrever o próprio nome.

Dei dois passos em sua direção, mas ele fez um gesto para que eu parasse. Respeitei, mesmo quando tudo que eu mais queria era confortá-lo e dizer que tudo ficaria bem.

Olhei para o céu antes que ele se afastasse de uma vez.

— Você não é mais uma estrela esquecida.

Antes de ir embora, Leandro me encarou por alguns segundos e me deu um dos seus sorrisos gentis, aqueles que faziam meu coração se aquecer e meu corpo inteiro querer mais.

Meus olhos seguiram o homem por quem estava apaixonada até que ele desapareceu na primeira esquina. Eu tentava entender o que estava acontecendo, compreender as revelações que Leandro me havia feito. Tudo agora fazia sentido. Como eu não percebera que algo estava errado? Leandro nunca lia nada, nem mesmo cardápio de restaurante. Eu jamais o vi escrevendo. Ele não mandava mensagens, não lia ou respondia e-mails, não participava de nenhuma reunião sem que eu estivesse junto. Era sempre tão seco, distante. Afastava todas as pessoas, não abria mão de sua privacidade. Detestava imprensa.

Compreendi que a dor de uma pessoa não pode ser medida. Ninguém tem ideia da intensidade do que o outro sente. Essa era a dor de Leandro, o fantasma que o atormentava, e ninguém poderia dizer que ele não lutava diariamente contra ele.

CAPÍTULO 15

VOLTEI PARA CASA DESORIENTADA. ASSIM QUE CHEGUEI, DESABEI.

Em meio as lágrimas, contei tudo que tinha acontecido para Josi. Precisava compartilhar com alguém ou explodiria, e ela era a única pessoa que realmente se importava com o que se passava em meu coração. Ela, que geralmente tinha um comentário para tudo, ficou muda. Realmente não havia o que comentar.

Tomei um banho quente e me enfiei debaixo de um edredom. A sensação era de que tudo estava gelado demais, mesmo que não fizesse tanto frio.

— E o que você vai fazer? — perguntou minha amiga, sentada na cama.

A vontade era dormir até que tudo passasse, mas essa não era uma opção muito madura.

Dei de ombros, respirando fundo, e Josi continuou:

— Você precisa procurá-lo. Se ele veio atrás de você, é porque realmente se importa, Alice. Leandro tem problemas sérios.

Absorvi suas palavras. Eu realmente não entendia. A crueldade praticada pelo pai matava um pouco o homem tão explosivo que havia conhecido.

— Alice! — gritou Josi. — Que porra está acontecendo com você? O cara te conta uma coisa dessas e você fica aí, parada, roendo as unhas, olhando para o nada!

Ela tinha razão. Eu tinha que agir, fazer algo. Pulei da cama e me vesti correndo.

— Vou atrás dele.

Josi piscou, sorrindo.

— Já não era sem tempo. Esse cara está arrastando um caminhão por você.

Parei por alguns segundos, absorvendo o que ela falava.

— Você acha?

Ela balançou a cabeça.

— Pelo jeito que ele te olhava, tenho certeza.

— Estou apaixonada, Josi. Me apaixonei de uma forma tão intensa que estou com medo. Não sei se um dia isso será amor, se somos almas gêmeas, mas sei que o que sinto por Leandro é muito forte.

Desabafei tudo que sentia.

— Isso dá pra ver nos seus olhos. E esse tipo de sentimento pode nos destruir ou nos salvar. A paixão mexe com nossos desejos, é extremamente perigosa, mas é algo que nos faz viver. Somos movidos por ela.

Sequei uma lágrima e a abracei, quando ouvi a buzina de um carro e me assustei.

— É o táxi.

— Mas como?

— Eu sabia que você ia atrás dele.

Sorri.

Eu sabia onde Leandro estaria. A música alta vinda do estúdio mostrava que minha intuição não estava errada. Leandro escutava *Angel*, do Aerosmith.

Meu coração batia tão intensamente quanto o som que saía da guitarra de Joe Perry. Caminhei lentamente ao encontro do artista mais complexo que havia conhecido.

Chegando ao estúdio, encontrei a porta aberta. Senti um medo absurdo. Não queria acreditar que Leandro seria capaz de fazer uma loucura, mas, contrariando os meus desejos, minha cabeça martelava essa ideia. O pânico aumentou quando vi todo o estúdio quebrado. Havia telas — ou pedaços delas — por todos os lugares. Dei um passo, e minha bota resvalou pelo chão coberto de tinta. Um arco-íris em meio ao caos.

— Leandro?

Então eu o vi, sentado no chão. As pernas cruzadas, os cotovelos em cima dos joelhos e as mãos no rosto. Ele se escondia do mundo, da dor, do passado. Ao lado dele, uma garrafa de uísque pela metade. O copo, ainda cheio, também descansava ao seu lado. A roupa que ele usava estava toda manchada. Caminhei até ele e, sem dizer nada, me sentei à sua frente. Leandro ficou inquieto com minha presença, sua respiração acelerou. Acho que essa era a diferença de amor e paixão. O amor nos acalma, nos faz sentir seguros. O que Leandro e eu sentíamos era diferente. Era algo que trazia todos os sentimentos à tona, queimava tanto que não éramos capazes se resistir nem disfarçar.

Ele levantou o lindo rosto. Havia traços de tinta nas bochechas, no cabelo, no pescoço. Leandro olhou a garrafa ao seu lado e suspirou.

— Eu queria beber, mas não o fiz por ela.

E me mostrou uma foto, a imagem de uma mulher alta, loira, segurando uma paleta de tintas nas mãos. Ao lado havia um adolescente, 15 ou 16 anos. A cor do cabelo não deixava dúvida de que era Leandro. O vermelho reluzia na foto.

— Ela foi a melhor coisa que aconteceu na minha vida. Foi a única mulher com quem realmente me importei. Até você chegar. O que sinto por você é inexplicável. — Ele colocou a mão no peito, deixando os dedos repousarem na pele exposta. — Dói quando você está longe, mas quando está perto, dá medo. É tão intenso que quando te beijei pensei que sufocaria.

Ele sentia o mesmo que eu.

— Não se envergonhe disso.

— Não é vergonha. É medo. Medo de você também partir. Medo de não saber lidar com o meu *problema.* — Ele sorriu, sarcástico, ao dizer a última palavra.

— Eu estou aqui. — Segurei a mão dele como se segurasse a mão do Leandro pequenino, ainda criança. O Leandro que apanhava, sofria, passava frio e fome. — Acho que já era para você ter percebido que não desisto fácil das coisas. Meu último chefe era um temperamental insuportável, mas fiquei mais tempo do que esperavam.

Um sorriso surgiu em seu rosto.

— Mas partiu.

— Eu te contei que ele é um pé no saco? — Ele me encarou, o sorriso alcançando os olhos. Me sentei ao seu lado, encostando na parede. — Mas ele também é o homem que faz meu coração acelerar.

Ele não me respondeu. A música cessou, e o silêncio durou alguns minutos. Eu era capaz de sentir o calor que emanava dele. Apenas o fato de estar ao seu lado, de meu corpo tocar o dele, me aquecia. Seu perfume, misturado ao cheiro da tinta, era uma lembrança que, com certeza, eu guardaria em um lugar especial. Era um daqueles cheiros que tornam certos momentos inesquecíveis.

Eu memorizava aquela cena quando sua voz me fez voltar para a realidade.

— Eu praticamente não falava até os 3 anos de idade. Não conseguia me expressar. Foi quando meu pai começou a me tratar como um doente. Quando o médico disse que eu era normal, ele não acreditou. Para ele, eu era e sempre seria um retardado. Seu castigo mais comum era me deixar trancado em um minúsculo quarto escuro, de castigo. — Ele balançou a cabeça, com um sorriso triste no rosto. — Meus pais tentavam de toda forma me fazer falar, porém, seus métodos não eram os mais pedagógicos. Já nessa época eu apanhava, e muito. Quando entrei na escola, as coisas pioraram. Eu sabia a resposta, mas não sabia dizer. Não aprendia a ler e escrever como as outras crianças, me sentia inferior, era ridicularizado, riam de mim. Eu falava errado, não conseguia ficar sentado por muito tempo.

Aos poucos comecei a compreender porque ele havia se tornado o Leandro que conheci.

— Não tinha amigos. Nunca tive! Sempre fui sozinho. Me esforçava muito para ser como todo mundo, mas sempre ouvia dos professores que eu era preguiçoso, que não tinha vontade de aprender. Me mandavam estudar mais, ler mais, escrever mais. Eu tentava, mas não conseguia. Era por isso que apanhava. Cada nota baixa, cada tarefa não concluída, cada palavra errada, era motivo para que meu pai "tentasse me corrigir".

— A culpa não é sua. — Eu sentia um nó na garganta e lágrimas em meus olhos. — Você tem que parar de se menosprezar e deixar essa dor partir. Se há um culpado nessa história, ele não é você, Leandro.

— De certa forma, é. Eu desisti da escola. Estava cansado de tanto bullying. Essa foi minha rotina por vários anos. — Eu via a tristeza em seu rosto. — Fugi de casa e vivi nas ruas por vários dias. Qualquer pesadelo era menos dolorido do que voltar para casa.

Eu segurei sua mão. Os dedos dele se entrelaçaram nos meus, segurando-me forte. Balancei a cabeça, indicando que ele podia continuar.

— Eu tinha dislexia e deficit de atenção. A primeira pessoa que tentou me ajudar foi o Juliano. Porém, eu estava revoltado demais para aceitar que qualquer um se aproximasse. Muitos tentaram, muitos me mostraram o caminho, mas eu me tranquei de uma forma que me tornou inalcançável.

— E então você descobriu a pintura. — Era nítido que ele usava as telas para se expressar.

Leandro pegou um pincel que estava próximo a ele e girou-o entre os dedos, olhando para o objeto que o havia salvado. Via a gratidão estampada em seu rosto.

— Foi a primeira vez que me senti normal. Foi a primeira vez que consegui colocar para fora tudo o que eu sentia. Para mim, as cores eram como palavras que eu não conseguia escrever ou dizer. Era, e ainda é, a única forma que tenho de não enlouquecer.

Observei uma tela que estava no chão e imediatamente foi como se enxergasse Leandro. Ela era linda, inspirava todos os tipos de sentimentos, mas estava destruída.

— E quando chegou aos Estados Unidos?

— Por mais que eu tivesse sido acolhido por pessoas maravilhosas, eu me tornei um adolescente problemático. Me envolvi com álcool e drogas, tentando esquecer tudo que havia vivido. Passava dias, semanas fora de casa, me drogando, bebendo. Eles tinham tudo para desistir de mim, mas não o fizeram, e eu me sentia mal por isso. Eu fazia com eles o que os monstros dos meus pais fizeram comigo.

— Você tem que se perdoar.

— Não consigo.

Ele balançou a cabeça, uma lágrima escorrendo pelo rosto.

— Você mesmo disse que ela não desistiu. Isso mostra que ela te amava. Essa é uma ligação mais poderosa do que qualquer outra, pois não é pelo sangue, mas por opção. Ela escolheu te amar.

Leandro levantou, puxando minha mão. Assim que fiquei de pé, ele ficou de frente para mim. Tocou suavemente meu rosto, e eu descansei a cabeça em sua mão.

— Você é tão linda.

— Se você diz — brinquei com ele.

— Vem, quero te mostrar uma coisa.

Eu o seguiria até o fim do mundo.

Subimos as escadas de mãos dadas, em silêncio. Nossos dedos entrelaçados como se tivéssemos nascidos um para o outro.

Chegamos à porta do quarto de Leandro. Meu corpo ficou tenso, sem saber o que aconteceria.

— Está tudo bem, só quero te mostrar uma coisa.

Assim que entramos, meus olhos foram atraídos para uma grande tela fixada na parede. Era a pintura de uma mulher. Era diferente de tudo que já tinha visto. Era quase um retrato, mas com cores fortes e traços desconstruídos. Poderia dizer que outra pessoa havia pintado aquela tela, mas a assinatura de Leandro indicava que não.

— É ela? — questionei, emocionada.

— Sim. Minha mãe adotiva. A única que tive. A que me resgatou no orfanato e me deu a oportunidade de ser quem eu sou. Fiz esse quadro duas semanas antes de ela descobrir o câncer que a levou.

Meu coração saltou no peito.

— Tudo na minha vida foi como uma bola de neve. Eu abandonei a escola e com o tempo regredi. Depois das drogas, veio a depressão. Tudo que havia conquistado, todos os avanços que havia feito, ficaram para trás. O resultado é o que já conhecemos. Larguei os tratamentos, me dediquei à pintura e aceitei que nunca seria o mestre das letras. Consigo ler, mas muito pouco, preciso me concentrar muito para identificar as letras e formar palavras; é muito difícil e, muitas vezes, prefiro nem tentar. — Lembrei das vezes que o escutei no escritório, de como lia devagar, soletrando, repetindo sílaba por sílaba. — Quando estou sob pressão, tudo fica ainda pior; foi por isso que não consegui ler a placa. As letras dançavam diante dos meus olhos.

Desviei os olhos do quadro e o encarei. Agora, sob a luz, enxergava todos os traços de tinta em seu rosto.

— Não tem por que me afastar, Leandro. — Quando eu falei isso, imediatamente, ele se distanciou. — Por que age assim? Tudo bem, você tem problemas. Todo mundo tem. Talvez os seus sejam muito dolorosos, difíceis de esquecer, mas as pessoas não são culpadas pelo que aconteceu. Eu não sou e estou aqui.

Ele continuou de costas para mim, a respiração acelerada, os ombros curvados.

— Acontece que ninguém nunca ficou, Alice. Eu tentei ter amigos, namoradas, mas tudo sempre termina comigo agindo como um babaca. Meus "problemas" — ele fez sinal de aspas com as mãos — me deixam desatento. Não me lembro de nomes, datas, compromissos. Não suporto conviver com pessoas, tudo que eu quero é pintar vinte e quatro horas por dia. Nenhuma mulher está disposta a aceitar isso. Nenhuma quer passar por isso. Nem você.

Ele se virou e me encarou.

— Não decida por mim. — Sorri, tentando aliviar o clima. — Essa é uma escolha que só eu posso fazer, Leandro. Não me importo se você não sabe ler. Me apaixonei por você de uma forma tão intensa que não sei mais quem eu sou quando não estou ao seu lado. Isso me assusta, mas é a primeira vez, em anos, que me sinto viva de verdade. Você trouxe cor para a minha vida.

Me aproximei dele, e minha boca deslizou por seu pescoço, acariciando sua pele. Eu não ia deixar que ele se afastasse. Não permitiria que Leandro se trancasse novamente.

— Por favor, Alice — gemeu, implorando que eu parasse, mas estava determinada a tê-lo. — Você está tornando as coisas mais difíceis.

Beijei sua boca para que ele se calasse. Me deliciei com os lábios de Leandro, e nos envolvemos em um beijo quente. Ele cravou os dedos em minha cintura, me puxando para junto de seu corpo.

— Eu serei suas palavras, e você vai colorir minha vida. — Não poderia imaginar nada tão perfeito quanto isso.

Acho que ele não tinha noção de quanto o beijo dele mexia comigo. Deslizei as mãos por seu peito, abrindo os botões da camisa.

— Desejo tanto você que chega a doer — murmurou contra os meus lábios.

Seus músculos se retesaram com o meu toque. Apesar de só ter estado com ele duas vezes, parecia que eu o conhecia profundamente. Era como se o meu corpo reconhecesse o dele. Meus mamilos se arrepiaram quando ele gemeu em meu ouvido ao tocar os meus seios. Minha pele queimava. Desabotoei sua calça, segurei sua bunda, a carne firme entre os meus dedos. Leandro me beijava o pescoço, deslizando a língua pelo meu colo. Abriu o zíper do meu vestido, então, me virou, me deixando de costas para ele. Tremi quando senti sua ereção imponente contra mim. Tentei me mexer, mas ele me segurou. Leandro me despiu, me deixando apenas de sutiã, calcinha e botas.

— As botas ficam — disse ele, quase sem ar.

— Fetiche?

— Cada vez que você surgia com essas botas na minha frente, eu ficava maluco. Tudo que imaginava era te ver assim com elas.

— Ora, ora, seu desejo virou realidade.

Leandro me pegou nos braços e me levou para a cama. Delicadamente, me deitou sobre ela. Era incrível como ele conseguia ser intenso e gentil ao mesmo tempo. Leandro revelou todas as suas personalidades, *o bonzinho* e o *pesadelo* se tornaram um só. E os dois me encantavam.

— Sou um imbecil por ter te tratado tão mal.

— Isso não importa agora. Depois discutimos sobre a sua dupla personalidade.

As palavras eram interrompidas por nossos beijos que, de gentis, se tornaram sufocantes. Toquei seu abdômen e deixei meus dedos contornarem os músculos, me deliciando com cada linha do seu corpo. *A mais bela pintura!* Ele se deitou sobre mim. A pressão do seu corpo sobre o meu me deixava cada vez mais excitada. Leandro me olhou com sensualidade, os olhos azuis que tanto me fascinavam. Eu me afogaria naquelas piscinas, não havia mais dúvida.

Ele acariciou meus seios, levando um mamilo à boca e fazendo minha pele se arrepiar. E raspava os dentes devagar, causando um leve formigamento que me deixava praticamente inconsciente de tanto desejo.

Antes de continuar me enlouquecendo, ele perguntou:

— Dupla personalidade?

Mordi o lábio inferior, nervosa. Seu polegar viajou até a minha boca e, atrevida, deixei que minha língua acariciasse a ponta do seu dedo. Meu pintor gemeu, jogando a cabeça para trás.

— Você é o *Senhor Pesadelo* quando grita, mas é o Leandro *bonzinho* quando se preocupa comigo. Você é o pesadelo quando está de mal com o mundo, mas é o gênio quando dá vida a uma tela branca. Você é o *Senhor Pesadelo* quando não aceita que as pessoas entrem em sua vida, mas se torna o Leandro *gentil* quando revela a sua alma — respondi. — E eu quero todos eles agora.

Haveria muito tempo para conversa, o que eu queria e precisava naquele momento era ele dentro de mim, me tomando por inteiro. Ansiava por isso, por seu toque.

— Farei amor com você. Não espere outra coisa. Não espere sexo. Não agora. Tocarei em você como nunca toquei tela alguma. Você será a minha obra mais perfeita.

E foi isso que ele fez.

Ninguém nunca me tocou assim. Suas mãos deslizavam por minha pele como um pincel sobre a tela branca; suave, mas preciso. Seus movimentos eram intensos, ele já conhecia tão bem meu corpo. Eu estava completamente entregue.

Naquela madrugada, ele me amou. Amor e paixão se misturando e transbordando dentro de nós. Não sabíamos o que éramos, um ou outro. Uma hora ele me penetrava com tanta força que me sentia possuída; era puro prazer. Mas, em seguida, ele me devorava com a alma.

Leandro me encarava com desejo, os olhos vidrados nos meus. Enquanto nossos corpos se uniam, eu via seus medos, seus fantasmas.

Ele me venerava, e eu fazia amor com seu coração.

CAPÍTULO 16

ACORDEI, MAS AINDA ESTAVA SONHANDO.
ELE ME DEIXOU ENTRAR.

Leandro disse que a noite seria inesquecível, e foi. Meu corpo inteiro sentia o quanto éramos perfeitos juntos. A sensação era que havíamos nascidos um para o outro.

Sorri ao ver as roupas jogadas pelo chão. Depois, observei o quadro que Leandro me mostrou na noite anterior. Era lindo, e refletia todo o amor que ele sentia pela mãe. A verdadeira mãe, a mulher que o resgatou.

— Bom dia, minha linda.

Eu me assustei com a voz dele.

— Bom dia.

Estava nua, descalça, descabelada, e ele me olhava como se eu fosse a encarnação da *Monalisa*.

Percebendo que me sentia envergonhada, ele se aproximou, puxando minhas mãos que estavam escondendo parte do meu corpo.

Seus olhos brilharam, e sua boca abriu em êxtase. O que veio depois foi a continuação da madrugada. Tomamos banho juntos, foi mágico. A água escorrendo, os sussurros, nossas mãos descobrindo o corpo um do outro. Suas investidas, o arrepio que suas palavras provocavam. Não segurei o grito quando gozei ao sentir Leandro se libertar dentro de mim.

Assim que terminamos, senti medo. Tudo estava sendo tão perfeito, perfeito demais para ser verdade.

É só paixão. Meu cérebro queria me convencer, mas as batidas do meu coração o contradiziam.

Leandro saiu do quarto, e eu me vesti apressada, precisava ir embora. Mas ele voltou antes que eu pudesse sumir.

— Por que está vestida? — perguntou.

— Acho que é porque o mundo não está pronto para o nudismo.

— Mais uma vez, Srta. Alice, sua forma de se expressar me encanta. Mas... — Ele se aproximou, segurando algo atrás de seu corpo. — Tenho uma surpresa para você.

Segurou minha mão delicadamente e fez com que eu sentasse na cama. Meu coração deu um pulo quando vi o exemplar de *Razão e sensibilidade* em suas mãos.

— Escolha um trecho. O que você mais gosta.

Fiquei estática, o ar desapareceu, eu não conseguia respirar. Eu não tinha certeza do que ele pretendia, mas imaginava. E, se ele o fizesse, eu realmente não saberia como lidar.

Como o exemplar que vi no escritório, aquele também era lindo, com uma capa de couro maravilhosa. Acariciei o livro, senti o cheiro das páginas amarelas, o aroma da felicidade.

Conhecia aquele romance como a palma da minha mão. Abri a

página que meu coração pedia. Apontei o dedo, e Leandro pousou os olhos sobre o papel. Imediatamente, percebi a tensão tomar conta dele. O medo e a vergonha de fracassar ainda o impediam de tentar. Segurei sua mão, estava prestes a dizer que não precisava fazer aquilo, quando ouvi sua voz declamando uma das mais talentosas autoras que tive o prazer de ler.

— "Não é o tempo..." — Sua voz saiu entrecortada. Ele expirou e continuou: — Nem a oportunidade que determinam a intimidade, é só a disposição. Sete anos seriam insuficientes para algumas pessoas se conhecerem, e sete dias são mais que suficientes para outras pessoas."

Era a leitura mais importante que já havia presenciado. A forma como as palavras saíam de sua boca, dançavam no ar e alcançavam meus ouvidos e meu coração. Ele estava consciente de cada sílaba que pronunciava, não era superficial. Leandro sentia cada palavra, vivia cada uma delas. Para ele, ler era uma vitória, e eu agradecia por fazer parte de um momento tão sublime.

Tentei segurar as lágrimas, mas elas eram insistentes demais. Leandro se levantou e se ajoelhou, de frente para mim. Suas mãos pousaram nas minhas coxas, pesando sobre a minha pele. Ele beijou minha testa tão carinhosamente que me senti vivendo o romance de um dos meus livros favoritos. Depois, desceu os lábios até alcançar os meus. Meus lábios se abriram, entregando minha alma naquele beijo.

— Quero que fique. Que esteja ao meu lado como mais ninguém esteve. Quero fazer amor com você todos os dias. Quero que leia para mim, enquanto eu pinto as obras mais lindas da minha carreira, porque você estará lá para me inspirar, como vem fazendo desde o momento que entrou em minha vida.

As lágrimas voltaram com tudo, eu não sabia como lidar com o que ele me falava. Era tudo muito novo.

— Eu sei o que está passando na sua cabeça. Tudo que quero é estar ao seu lado. Vamos descobrir juntos como ser feliz?

— Eu quero!

— Eu sei que sou instável e assusto as pessoas, mas essa foi a forma que encontrei para me proteger...

— Leandro, cale a boca. — Interrompi, e ele me encarou, surpreso. — Eu disse que sim. Estou apaixonada por você e não vou a lugar algum.

Ele abriu o maior sorriso que já vi na vida, seguido de uma gargalhada que preencheu todo o quarto. Leandro me levantou da cama, segurando-me em seus braços. Rodopiei, sorrindo ao som de suas palavras.

— Acabei de descobrir a cor que faltava em minha vida.

CAPÍTULO 17

LEANDRO

"A dislexia do desenvolvimento é considerada um transtorno específico de aprendizagem de origem neurobiológica, caracterizada por dificuldade no reconhecimento preciso e/ou fluente da palavra, na habilidade de decodificação e em soletração. Essas dificuldades normalmente resultam de um deficit no componente fonológico da linguagem e são inesperadas em relação à idade e outras habilidades cognitivas. Esta é a definição adotada pela IDA — International Dyslexia Association. A dislexia atinge cerca de 7% da população. As crianças portadoras de dislexia são consideradas lentas, pouco inteligentes e até mesmos doentes mentais, mas tudo isso não passa de preconceito com os portadores desse transtorno. Quando criança, o disléxico pode apresentar atraso no desenvolvimento da fala, fraco desenvolvimento na atenção, dificuldade no reconhecimento de letras, vocabulário pobre e desorganização geral. Os disléxicos processam informações de maneiras e em tempos diferentes, por isso, o diagnóstico precoce e o tratamento adequado leva uma criança com dislexia a ter uma vida praticamente igual em detrimento as outras. O apoio dos pais e professores é de suma importância para lidarmos com esse transtorno que afeta milhões de pessoas."

Era como se eu fosse descrito pela palestrante. Tudo o que ela dizia se encaixava perfeitamente em tudo que vivi. Durante muitos anos, a definição de normalidade para mim tinha um significado amargo. Eu fui tratado como um doente, quando o único remédio que eu necessitava era amor. Fui deixado de lado, esquecido, abandonado, quando tudo que queria era ser incluído, envolvido, afagado. A criança que fui moldou o homem que me tornei: triste, amargurado, sozinho.

"Já o adulto disléxico pode sofrer para concluir uma leitura, acatar ordens, seguir o que os outros dizem, escrever ou manter relacionamentos. Os sintomas no adulto se agravam quando estes não tiveram o tratamento adequado quando crianças. Essas dificuldades causam baixa autoestima, irritabilidade, falta de convívio social, depressão e, em casos extremos, suicídio."

A última palavra fez meu coração saltar no peito. Suicídio!

Várias vezes, essa ideia permeou minha mente. Eu achava que não havia lugar para mim no mundo. Tudo era tão difícil que sentia que o melhor era desistir, de uma vez por todas. Mas ainda bem que não o fiz.

Observei Alice ao meu lado. Apertei sua mão, forte, e ela me encarou e me deu um de seus sorrisos encantadores. Eu agradecia todos os dias por ela ter surgido em minha vida e por serem para mim os seus sorrisos mais perfeitos. Foi ideia dela a minha participação no simpósio sobre dislexia.

Tudo começou com a publicação de seu trabalho há dois meses. *Além das cores* não lhe rendeu apenas a aprovação no curso de Letras, mas também o contrato com uma editora e a publicação de seu primeiro livro. Com dedicação, ela relatou a minha história, desde os meus tormentos quando criança até os fantasmas que ainda me assombram. Fiquei com receio no início, pois havia passado boa parte da vida escondendo meus problemas do mundo, mas com Alice ao meu lado não havia mais espaço para o medo. Os fantasmas ainda me atormentavam, mas com ela estava seguro. Ela irradiava luz por onde passava.

Sentado na primeira fila, sou um dos convidados do simpósio. Estou tremendo, pois ainda não superei a aversão a discursos. Sempre tive muito medo de falar em público. Até pouco tempo, ainda tinha dificuldade em pronunciar diversas palavras, o que me causava pânico. Tudo que eu menos queria era ser julgado. Porém, Alice me convenceu de que meu testemunho seria de grande valia às pessoas. Eu poderia mudar a vida de crianças e de pais apenas com o relato do que vivi. Então, aceitei que poderia surgir algo de bom de todo o sofrimento que passei.

Alice e eu nos dirigimos para a entrada do salão, onde havia uma exposição com meus quadros. Fiz a doação de algumas telas em prol do tratamento de crianças carentes com dislexia e deficit de atenção.

Apesar do desconforto por estar no meio de tanta gente, eu tentava responder a todos com educação e cordialidade. Era um passo importante que eu trilhava todos os dias. Confiar nas pessoas e deixar que entrassem em minha vida.

Enquanto conversava com um professor de artes, observei Alice se aproximar. Ela havia ficado um tempo afastada de mim, e eu já sentia sua falta. Assim como na primeira vez que a vi, ela transbordava beleza. Os cabelos antes longos, agora estavam na altura dos ombros.

Ela estava ainda mais bonita, com um vestido azul que destacava suas curvas. A delicadeza de Alice encantava a todos, ela era a mulher mais linda da noite, a única que chamava a minha atenção.

E assim seria para o resto de minha vida.

Subi no palco, e o microfone tremeu em minhas mãos. Olhei para a plateia que aguardava minhas palavras. Pela primeira vez, eu traria à tona todos os meus traumas e esperava, fervorosamente, que ninguém me julgasse por minhas escolhas.

Pensei em Alice e no quanto havíamos treinado em casa, então, deixei que as palavras saíssem.

— Eu poderia explicar o que é a dislexia e seus sintomas, mas acho que isso já foi feito com maestria hoje. Então, o que posso trazer para vocês é a árdua experiência de viver a dislexia. Desde muito cedo, tudo que eu mais desejava era ser como as outras crianças. Não entendia por que era diferente. A vida me ensinou que a dislexia é muito mais do que não saber ler ou escrever. Ela roubou a minha infância, mas a culpa não era dela, e sim de quem deveria entender o que ela significava. Por muito tempo, eu não consegui usar o celular, evitava qualquer programa que necessitasse leitura, como assistir a um filme legendado, por exemplo. Por isso, se tem uma coisa que eu gostaria de dizer aos pais da plateia é: nunca desistam de seus filhos, por mais difícil que seja. Aconteça o que acontecer, tenham em seus corações que o amor e a atenção podem transformar o mundo e o futuro de uma criança.

Alcancei o pedaço de papel já amarelo em meu bolso e o desdobrei. Olhei para Alice, ela sabia o que eu segurava em minhas mãos. Era a carta que ela havia me escrito no dia em que foi embora. Alice pensa que eu a procurei por causa de suas palavras, mas não foi isso que aconteceu. Quando resolvi ir atrás de ela, foi porque não conseguia mais existir sem ela.

— Um dia uma mulher linda me disse que eu não era mais uma estrela esquecida, como sempre achei que fosse. — Olhei diretamente para Alice, e ela sorriu. — E eu acreditei nela. Acreditei que eu faço parte de um céu estrelado. Um céu que acolhe todas as luzes, principalmente, as especiais. Todas as estrelas têm o seu espaço no céu, e elas surgem todas as noites, mostrando que a noite pode ser escura, mas sempre haverá um ponto de luz para guiar aqueles que quiserem sair dela.

Palmas ensurdecedoras ecoaram pelo auditório. Tive que ficar em silêncio, aguardando a euforia da plateia se dissipar para que pudesse concluir minha fala. Estiquei a carta e ajeitei o microfone.

— Essa mesma mulher certa vez me escreveu uma carta inspiradora, e gostaria de compartilhar um trecho com vocês. Ele fala sobre o medo. O medo que muitas vezes sentimos e que nos impede de continuar, de aprender, de viver.

"Todos nós sentimos medo. Somos humanos, passíveis de imperfeições. Algumas pessoas sentem mais que outras. O que diferencia estas pessoas é a coragem de enfrentá-lo, mesmo sabendo que nem sempre sairão vencedores. Às vezes, a derrota fará parte de nossas vidas, mas o simples fato de não deixar que os fantasmas nos amedrontem faz com que sejamos capazes de lidar com qualquer problema. Tenha medo, mas tenha coragem. Sinta o medo, mas arme-se de fé para vencê-lo e, se tudo der errado, não deixe o medo roubar sua capacidade de seguir em frente. Siga em frente, mesmo com medo."

E eu segui!

Visitem as nossas páginas:

www.galerarecord.com.br
www.facebook.com/GaleraRecord/
twitter.com/galerarecord

Este livro foi composto nas tipologias Adobe Caslon Pro impresso em papel offwhite no Sistema Cameron da Divisão Gráfica da Distribuidora Record.